U0027915

kill 6 er

殺手

價值連城的幸運

阿樂，燕子，小仙，Mr.NeverDie，領銜主演。

九把刀Giddens：編導

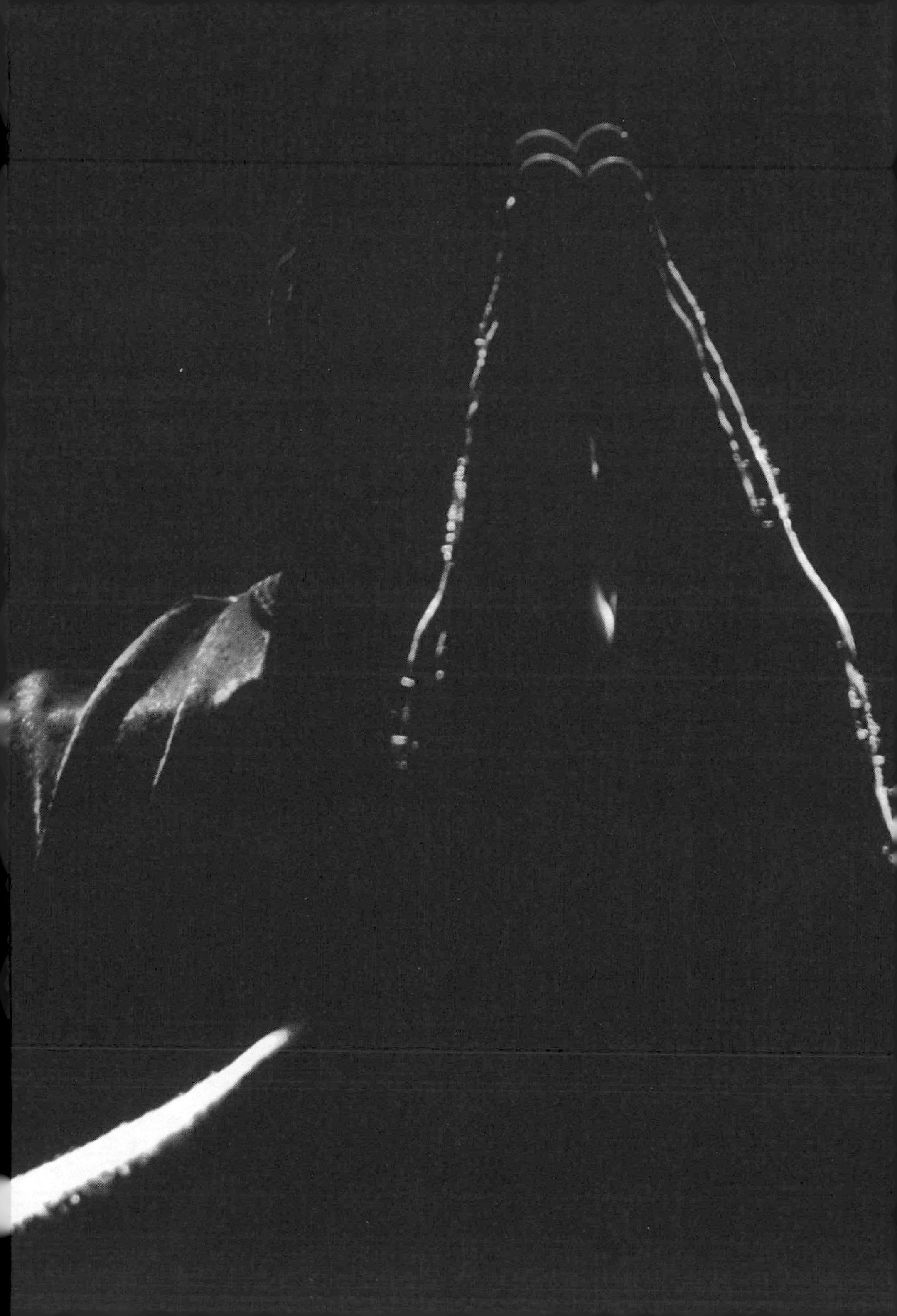

殺手三大法則

一、不能愛上目標，也不能愛上委託人。
二、絕不透露出委託人的身分。除非委託人想殺自己滅口。
三、下了班就不是殺手。即使喝醉了、睡夢中、做愛時，也得牢牢記住這點。

殺手三大職業道德

一、絕不搶生意。殺人沒有這麼好玩，賺錢也不是這種賺法。
二、若親朋好友被殺，也絕不找同行報復，亦不可逼迫同行供出雇主身分。
三、保持心情愉快，永遠都別說「這是最後一次」。

1

「跟你打一個賭。」

「……」

「等一下綠燈一亮，第一輛越過那條白線的，是左邊那台黑色福特休旅。」

他看著落地玻璃窗下的車水馬龍，手中的槍還剩下四顆子彈。

在門外叫囂的至少有七個人，如果再不出去，陸陸續續還會有更多麻煩。

這棟屋齡超過二十年的舊工商大廈有十八層樓高，這裡在第九樓。

插翅難飛就是指這個狀況吧。

「……我賭贏了，可以放過我嗎？」

襯衫濕透了的胖子大口喘著氣，破碎的眼鏡都起霧了：「我保證不追究。」

「不行。」他看著那輛黑色福特。

當然不行。

打賭是他的興趣，殺人呢……則是他的天職。

「我們門外那些小弟，不會放過你的！」胖子又驚又怒。

「我知道啊。」他平靜地看著紅綠燈：「所以我打算把他們全殺了。」

話說得很帥，但根本做不到。

就算是G，也無法用四顆子彈殺七個人吧？

而自己也沒有傳說中的恐怖新人Mr. NeverDie所自稱的，閃躲子彈的變態能力。

他苦笑。

進來時冒冒失失，花了太多力氣，耍帥地亂射了一些只是擋路的傢伙，根本沒想到這個豬頭目標的小弟這麼快就衝來了一堆。現在可好。

這已經不是第一次這麼莽莽撞撞了。

但，想必也不會是最後一次。

「開門！再不開門等一下會很難看！」

「大哥撐著！兄弟都在路上了！鑰匙也快找到了！」

「裡面的混蛋聽好了，如果你敢動我們大哥一根寒毛一定殺你全家！」

「你只有一個人，走不了的！」

門外的叫囂越來越激動，還配合著用力踹門的狠勁。

這辦公室的門是鋼鑄特製，尋常子彈連開十幾槍也射不開，還要冒著被反彈的流彈誤擊的危險，一時半刻倒不必怕他們用槍硬把鎖轟爆。

但萬一那些兇神惡煞拿到了鑰匙……

喀喀。

喀喀喀喀。

他發麻的耳朵豎了起來，左手緊緊握住頸上的銀色項鍊。

拿起槍，連續扣下扳機。

僅剩的四顆子彈釘穿了落地玻璃四角，大廈外的景色瞬間裂成好幾條大縫。

底下路口的紅燈轉綠。

喀啦。

辦公室的鋼門終於打開。

他猛力抓起大胖子的領帶，一齊衝向前方一片龜裂的景色上。

「走吧老闆！」

匡啷！

兩人撞破不再厚實的安全玻璃，隨著脆裂開來的無數景色倒映，快速墜落！

由上而下，他瞪著臉色慘白的胖子，迎著高樓上的逆風，眼角景色呈現模糊的超速度感，

無法形容的空洞感嗚嗚嗚嗚灌入耳膜深處裡。

砰轟！

賭對了。

綠燈後第一輛衝過白線的果然是黑色的福特休旅車。

不偏不倚，那輛休旅車「接住了」從高樓墜下的兩人，打滑撞上了分隔島。

而大胖子老闆成了紮實的肉墊，壓垮車頂鋼板的同時，亦承受了絕大部分的墜擊力道，肥嫩的腔腸與內臟頓時爆開，柔軟的反彈力將不速之客給彈出了快車道。

在地上翻了三個滾後終於停住。他半跪在地上，不用力氣地吸吐了一口氣。

呼。

哈。

除了手肘有點腫痛外，好像沒什麼大礙，平衡感也終於校正完畢。

吊在脖子上的項鍊，藍色水晶在黃昏下隱隱折光。

四周的路人終於騷動起來，叫救護車的叫救護車，打電話報警的報警，最後是許多女人歇斯底里的尖叫聲提醒了他事情還沒結束。

接下來得在樓上追兵氣急敗壞地衝下樓以前，用最快的速度逃離現場。

不過，比起十秒前發生的一切，撤退就太容易啦！

他從容不迫閃進一旁正在施工的地下道，一邊將水晶項鍊裡的夾層打開。

一張淡紅色的薄紙隨風飛出。

是一張彩券。
價值兩百八十七萬的貳獎彩券。
殺手，阿樂。

2

晚上七點。

浴室的門縫底下，塞著一只黃色牛皮紙袋。

裡面裝了一份每個殺手在任務成功後，都會收到的神祕小說。

蟬堡。

那是只流傳在殺手裡的未出版小說。

每個殺手能拿到的章節進度不一，斷簡殘篇，順序紊亂參差。

許多殺手都懷疑蟬堡裡頭，藏著這份受詛咒職業背後的神祕意義。

卻有更多的殺手單純喜歡閱讀這一份不知從何而來的小說，視之額外報酬。

沒有殺手收到過重複的章節。

沒有殺手見過發送蟬堡的信差。

沒有殺手收集到完整的故事。

蟬堡出處不明，送達的方式接近魔鬼的神蹟，它是殺手間最大的祕密。

而現在，阿樂並沒有心情走出浴缸拆開它。

並不想挨罵，躺在浴缸裡的阿樂連續掛了三次經紀人曉茹姊的電話。

直到手機來了封簡訊：「算了，沒事就好。尾款晚點就匯出。」

阿樂看著簡單三行的簡訊，把手機放在一旁的馬桶蓋上。

用腳趾旋開水龍頭加了些熱水，浴缸裡溫掉的水重新又燙了起來。

他沒有吃晚飯，肚子裡的胃似乎還因爲那一摔翻騰著，無法感到飢餓。

幸好那胖子吃得肥，不然自己可就死定了。

不，就算那個胖子再肥兩倍，若不是摔在那台倒楣的福特休旅車上、而是直接撞在硬邦邦的柏油路上，恐怕自己也難逃一死。

又，幸好摔在車頂後彈在地上時，旁邊車道的車子沒有剛好經過，否則自己即使安全翻滾落下，好死不死給車子這麼個攔腰撞倒，沒當場暴斃也半殘了吧。

太危險了，只要其中一個環節沒有配合好，所有一切都在今天傍晚結束了。

阿樂反省著，思考著，試圖重新判斷著。

「一定還有別的辦法吧……」阿樂自言自語。

扣掉最後墜樓那一大招，其實困在那間辦公室也不是全然的死局。

身爲一個殺手，阿樂對自己的槍法頗有自信。

有沒有可能，自己在用光剩下的四顆子彈之前，可以幹掉其中一個闖進來的小弟，即時搶過他的槍，再好整以暇用滿載的子彈衝殺出去？

那樣的話不僅不用摔得那麼狼狽，還很有高手風範。

不，這種想法也是一廂情願。

如果辦公室外面那些小流氓拿的是衝鋒槍之類的，這算盤可就打不準，一把只有區區四顆子彈的手槍是絕對扭轉不了那樣的火力差異。

沒錯……而且自己根本不清楚買兇的人是誰，要是下單的買家根本就是小弟中的其中一人，根本就不會因爲老大還在他的手中而客氣，衝鋒槍照樣掃射過來，不僅可以幹掉他，還可以「無奈地誤殺老大」。

且萬一那些兇神惡煞沒膽衝進來，而是龜在外面等更多的小弟趕來包圍，或竟然窩囊地一邊報警，自己這殺人奪槍的主意同樣會失敗。

呼。

他閉上眼睛，讓眉毛上的泡沫慢慢自然滑落。

那些都是悲慘的意料之外。

都怪自己太大意了，仗著「價值兩百八十七萬的好運」就覺得可以硬拚，沒個專業殺手的樣子。想想G，他雖然是公認的最強，但也沒聽過他仗著驚人槍法硬闖過什麼地方，G不僅是神槍手，更是貓步……

唉。

「要不是那過分的幸運，我怎麼還有命在這裡泡澡？」

阿樂做出結論的最後表情，是故作輕鬆的苦笑。

即使結果令人滿意，他也不認爲自己做出精準的判斷，而是歸功於幸運。

他總是想很多。比該想的要多想了很多。

這該說是阿樂的優點，還是缺點？

幸運，每個殺手都很需要。

最基本來說，這行業危險性高，尤其在這子彈橫行的時代。

更深層來說，這個行業是以奪取他人性命爲交易，某種意義而言是與老天爺作對。

本來嘛，不管好人壞人，爲善還是作惡，每個人該活多久本該由老天爺決定，但殺手卻自顧自接單運作，用雙手取代閻王的生死簿，說是膽大妄爲也不爲過。

可能的話，每個殺手都不想跟偉大的老天爺對著幹，還希望能反過來受到冥冥中的庇佑，得到老天爺的默許。

於是，這個行業不僅比其他的職業更需要道德約束，也更需要運氣。

只有運氣特好的人，才有可能在極度危險的工作環境中累積足夠的經驗，最後，不斷精進閃躲危險的技術，成爲此道的佼佼者。

所以我們可以說，所謂的高手，就是運氣夠好的極少數人。

阿樂也是公認的高手。

跟所有的殺手一樣，他遵從殺手三大法則，與三大職業道德。

也跟所有的殺手一樣，在阿樂的自我世界裡，也運作著屬於他一個人的定律。

他摸著脖子上即使洗澡、也不曾拿下來的藍水晶項鍊。

充滿陽剛氣息的藍水晶主體綴飾裡，有個小小的夾層，原本設計用來鑲嵌刻字的金箔，或是放進情人的小照片之類。但阿樂則用來放置彩券。

中獎的彩券。

3

泰緬邊境的破舊小火車上。

一個穿著碎花襯衫、染了誇張金髮的中年男子看著窗外打盹。

一個不到二十歲的小伙子，不斷翻著早就背熟了的國外進口槍枝圖鑑。

等一下這對師徒又要到軍火商的靶場試槍挑槍練槍，試探一批新貨。

小伙子慢慢抬起頭來，那是年輕時的阿樂。

「師父，你教了我這麼多技術，但老是說我們這一行終究得靠運氣。」

還沒正式入行的阿樂不禁疑惑：「通常你不是應該鼓勵我更努力鑽研技術，保有一定的專業實力，而不要倚賴什麼運氣才對嗎？」

「說眞的，做事有什麼難的？刀刺對位置就行了，刺不對就多刺幾刀。開槍也很容易，打不準就走近點，再打不準就多開幾槍，是不是？技術只是基本中的基本。」金髮男子用娘娘腔的慵懶語調說：「但這一行做得越久，遇到的事之千奇百怪也就越多，到時候你不信邪也由不得你。」

「……」

「話又說回來，好運氣誰不想要？長長久久嘛。」

「那我們到底要怎麼靠運氣？」阿樂直覺地問：「多去廟裡拜拜嗎？」

「運氣……每個人的運氣高高低低都不一樣啊。」金髮男子翹起蓮花指，細聲細語地說：「總之，各自求道，自己要想辦法找到捉住運氣的辦法，只是學別人，我猜是沒效。」

眞是虛無縹緲啊。

「師父，那你呢？」

「我當然不會告訴你啊，我怕啊……我怕說出來就不靈啦。」

阿樂只好點點頭，但完全不知所以然。

過了許久，師父瞧他想得可憐，只好揉揉摸摸阿樂的大腿，溫聲建議。

「師父告訴過你，每個人做事都有自己的一套方法，其實那些方法裡都藏著很多迷信，那些迷信一遍又一遍做得多了，就變成了那個人做事的風格。」

「是。」

「風格就是你的獨家標記，有的買家下單不只看價錢，做事人的手段風格也是評估的一部分，買家喜歡你的做事風格，就算加一點錢也會找你。」

「嗯。」阿樂皺眉，還沒說到重點呢師父。

「比如說，你師兄喜歡在做事後，在扣扳機的高台上留一朵花，這是他的迷信，後來慢慢傳了出去，就成了他的風格。」

「師兄留一朵花，是爲了捉住他的運氣？」

「老實說，這我不知道。」師父柔聲說：「但他可以不這麼做，卻為什麼這麼做呢？留下一朵花，跟做事有什麼關係？」

「沒關係嗎？」

「至少沒有直接關係吧。但你閉上眼睛，想像這樣的畫面。」

阿樂依言閉上眼睛。

「如果你師兄做事做了一百次，次次都留了一朵花在天台上。」

「嗯。」

「某一次他正要做事，走在街上，卻發現自己忘了帶花。」

「……」

「算一算，距離目標走出預設中的大樓還有十分鐘，離你師兄最近的花店卻要花四分鐘才能走到，如果立刻去買花，往返至少就要八分鐘，回到原地，再搭電梯上頂樓天台架設狙擊槍，時間就只剩下短短兩分鐘。你想你師兄會怎麼做？」

「……不知道。去買花？」

「就算去買了花，也來得及在兩分鐘內上天台，那麼匆忙地架好槍，心跳還持續剛剛走路的高頻率，呼吸有些紊亂，這樣要怎麼做到原先的百發百中？」

「所以師兄不會買花嗎？」

「如果他不買花，就這樣按照計畫上了高樓，你可以想見，你師兄扣下扳機之前，會不會有那麼一秒在胡思亂想……想著，哎呀，以前我都有帶花，這次卻沒帶，有帶花的時候一切順利，諸事大吉，會不會壞運氣偏偏就選在我沒有帶花的這一次降臨？會不會等一下不但沒有打中，還倒楣到無法順利逃脫？」

「胡思亂想的話，準心也偏了。」

「對，然後壞運氣就真的降臨了。」

「……」

「我要是你師兄，我寧願花精神體力跑去買花，然後在扣下扳機前想著，幸好我有跑去買花，不然等一下一定失誤。即使心跳很快，即使呼吸混亂，但我有扣下扳機的絕好心情。」

「……」

「除了事後留一朵花，你師兄還有一個小堅持。每做一次事，頂多用兩顆子彈，兩顆子彈還無法解決便走人，絕不戀棧。所以你師兄並不是每次做事都成功，但他每一次都活了下來。他的迷信比做事成功還要重要，記住了，這就是迷信的精神。」

「迷信的精神……」阿樂好像有一點點懂了。

「摒除在必要的技術之外，遵從自己莫名其妙的小習慣當然是一種迷信，但一切的細節都按照自己的迷信順利進行著，心便會穩定。好心情一定會帶來好運氣的哈哈。」

「師父。」

「這樣說你懂了吧？」

「可是你教過，如果要從高處狙擊的話，至少要在目標走出建築物或接近建築物前一小時就要抵達附近的高台，這樣才有充裕的時間可以做好準備，觀察風向、調整角度、擬定完整的逃脫計畫等等，所以你剛剛的例子好像不太恰當？」

「唉，你怎麼老是少一根筋啊？」

火車到站。

4

回想阿樂做事的第一個目標，是一個退休的高階警官。

這個退休老人做了什麼事要被殺、被誰殺，阿樂並不清楚，也不打算搞懂。

照道理說解決掉這麼一個老人很簡單，趁他每天早上在仁愛公園慢跑時遠遠放冷槍就行了。要不，順勢挨過去給他的腰際一刀也很簡單。

但買方提出兩個附帶條件。

第一，不但希望那退休警官死，還希望他衣衫不整死在情婦床上。

附帶條件二則是，那情婦萬萬不能死，務必留活口。情婦死了不僅不付尾款，還會找其他殺手向阿樂算帳。

而這個所謂情婦，就是那退休警官之前轄區內的角頭老大……的老婆。

買方下這個限制重重的單，肯定是別有用意。

但阿樂也不必懂，他光是煩惱如何捕捉運氣這種事就煞費神形。

他到每一間能想到的人廟裡拜拜，行天宮、烘爐地、保安宮、鎮瀾宮、城隍廟、天后宮等等，卻老覺得不對勁，每一次向神明禱祝、請滿天神佛保佑他順利殺人順利逃脫時，總覺得這種「請保佑我順利殺人」的文法很詭異。

最後他掛了佛珠，在手腕上綁了五色線，戴上了十字架頸鍊。

他甚至學師兄帶了一朵花在身上。

做事那天，阿樂輕輕鬆鬆就跟蹤那退休老警官到了情婦家附近，然後簡簡單單便從隔壁鄰居家的圍牆翻了進去。

在鄰居陽台上養精蓄銳等了一個多小時，終於等到了激情做愛的趴搭趴搭聲。

阿樂從陽台落地窗闖了進去，簡單俐落朝退休老警官的裸背上開了兩槍。

同樣渾身赤裸的情婦驚恐不已，汩汩鮮血從退休老警官胸前的兩個大洞噴在她的身上、臉上、床上，老人尚未死透的臃腫身體像蟲一樣趴在情婦的身上。

「……沒事，把衣服穿好。」

阿樂收起槍，表示沒有要殺她的意思。

出去的路跟進來的路不必一樣，阿樂打開房門大大方方走出去。

可才剛下樓梯走到一半，便聽見令人不安的機械拉掣聲。

不妙。

剛剛忘了放花！

他轉頭的瞬間，看見情婦渾身赤紅站在門口。

披頭散髮的情婦手裡拿著一把長管槍，歇斯底里地朝他一轟。

「去死！」那女人的尖叫聲甚至壓過了槍聲。

飛旋的子彈削過了他的頭髮，擊碎了他身後的掛畫。

阿樂幸運地沒有中槍，可近距離在耳後爆裂的聲響卻將他嚇到大叫出來：「啊！」

阿樂本能地拿起手槍的瞬間，卻該死地想起扣下扳機的悲慘後果。

於是接下來就只有拔腿逃命的份。

剽悍的情婦在後面發狂地開槍、填補子彈、開槍、填補子彈、開槍……

阿樂停下腳步時，早就距離做事的地點很遠很遠。

那一聲震耳欲聾的槍響殘留在耳裡，讓阿樂的心跳激動到緩不下來。

一閉上眼睛，那削過頭髮的子彈彷彿又重新轟向自己似的。

那一槍轟得那麼近，那麼近！

近到只差了一點點一點點，就會將自己的腦袋整個炸黏在牆上。

阿樂坐在路邊的消防栓上，呆呆地看著天空。

「差一點就死了……我眞的……很幸運。」

那天晚上，阿樂發現自己中獎了。

獎金是二十一萬，樂透五獎。

中獎的樂透彩券是阿樂前一天在行天宮附近的彩券行順手買的，之後就隨手放在他的口袋裡，沒有拿出來。

那期彩券開獎的時間是當晚，但阿樂是看了隔天的報紙才隨手掏出彩券比對號碼。也就是說，阿樂出任務的時候還不曉得自己的獎券已經中獎了。

躺在床上，對著天花板上的白色日光燈，阿樂拿著那張彩券端詳了很久。

日光燈燈光透過薄薄的彩券紙，將中獎號碼的字跡輪廓隱隱暈開。

好運氣啊……

原來，自己將價值二十一萬的好運氣帶在身上了啊……

5

從那一天起，阿樂便一直很在意彩券中獎的事。

第二次出任務前，他買了很多張彩券，當晚對獎卻只中了一千塊錢。

任務結束後，阿樂躺在黑市醫生的簡陋診所裡，讓醫生用酒精燈草草消毒完的鐵夾子，從他的大腿裡硬夾出黏在肌肉組織裡的子彈。

這顆子彈挨得不冤，因爲目標三個貼身保鑣都是經驗豐富的高手。

「……不夠。」阿樂咬著濕毛巾，含糊不清地說。

「？」醫生不解。

阿樂吐出濕毛巾，筋疲力盡地自言自語：「一千塊錢的運氣，不夠啊……」

在意的事果然變成了迷信。

迷信自己需要仰賴中獎的彩券，才能留住好運氣。

基本的法則非常合理：中獎的金額越多，好運氣的能量就越強。

更多的箇中奧妙也不需要跟別人討論，因爲「捕捉運氣」原本就是虛無縹緲的事，規則要如何運作，全看阿樂「梗在心中的那根刺」、以及阿樂的第一直覺。

比如，彩券在哪一間彩券行買都沒關係。

比如，不能買別人中獎的二手彩券，一定要自己買到的才算數。

比如，如果完全沒有買到中獎的彩券，絕對不要接任何一張單。

法則中最特殊的一個限制，算是阿樂暗暗在心中起的堅定誓言：

如果自己每次在任務前買的彩券都有份中獎，那麼，不管彩券贏得的金額有多大，自己也不能拿彩券去兌換獎金，絕對，不能。

——將過盛的貪心摒除在捕捉運氣之外，才能確保運氣的恩賜。

阿樂買了一條藍水晶項鍊，將綴飾裡頭的夾層放入中獎的彩券，掛在脖子上。

執行任務的時候戴著，不執行任務的日常生活也戴著，培養他幻想中的幸運磁場。

沒有接單的日子，阿樂沒事便會買彩券。

或許是他打定主意絕不兌換獎金的關係，交換來不可思議的高中獎率。

在殺人與不殺的中間，阿樂總是可以買到金額不小的中獎彩券，並在執行任務間將所遭遇到的危機狀態，與中獎的金額聯想起來，在腦中模擬出只有他自己理解的運氣關係圖。

「有多少運氣，做多少事。」

有時阿樂會在電話裡對經紀人嘆氣：「這個單難度太高，找別人吧。」

偶爾阿樂會充滿自信地保證：「最近有沒有無人肯接的大單，我來！」

自從「發明」了如何捕捉運氣的方法後，阿樂的心便平靜了，讓他得以全心全意投注在一個專業殺手應有的職業訓練上。

他的槍法越來越穩，他的體能越來越好，他的判斷也越來越精準。

只要有足夠的中獎金額，阿樂蓬勃的自信也讓以上三者聯合運作得更完美。

頭一次奪取價值一百萬的運氣後，他一個人摸進了黑湖幫在新莊開的新堂口。

花了一分鐘又十五秒、扣了三十七次扳機——將整個堂口所有能呼吸的東西全幹掉。

在確定中了兩百一十萬元的彩金後，阿樂帶著愉悅的心情前往澳門。

這個年輕氣盛的殺手在全新開幕的賭場裡，VIP廳，當場幹掉剛剛才得意剪綵完的大老闆，與站在他旁邊瘋狂開槍的八個貼身保鑣。

阿樂沒有推辭掉前往墨西哥幹掉一個猖狂毒梟的大單，因爲他中了三百零三萬的彩金。他覺得有必要感受一下何謂三百萬運氣的重量。

阿樂花了四天時間慢慢潛入那毒梟的大莊園，只花了二十七秒刺殺。

毒梟死了，近距離在頸後挨了一槍。

但他可是花了四十八分鐘慢慢走出那一片太過誇張的槍林彈雨。

久而久之，阿樂贏得了一席之地。

他是一個名聲響亮的好殺手，接的單子比一般殺手更難，也更複雜。

可惜的是……

6

慢吞吞從浴缸起來後，阿樂想起了等一下有更重要的事情得做。

他刮了一下剛冒出來的鬍渣，修了一下鬢角，剪了一下鼻毛，刷了牙。

鏡子前，阿樂慎重地穿起衣櫃裡最挺的黑色西裝，謹慎地打好了領帶。

皮鞋也擦得亮晶晶，戴了一只Jacob Jensen簡約風格的手錶，把頭髮梳理整齊。

等一下他要去婚友聯誼社專為上班族舉辦的約會晚餐聚，最基本的打扮可不能被其他男士比下去。阿樂靠製造屍體攢了不少錢，置裝費不是問題。

床上堆滿了摺頁不斷的男性服飾雜誌，提供了阿樂不少穿搭上的參考。

「這樣應該還過得去吧？」

阿樂看了看鏡中的自己，裝模作樣乾咳了一下，頗為不安。

八點整。

在敦化南路上的高級法式餐廳，約會晚餐聚準時開始。

每個男士都是西裝筆挺，每個女士都是盛裝出席。

定在八點才吃晚飯，便是要讓這些上班族有時間回家洗澡打扮，尤其是女孩子，每個人都希望漂漂亮亮地出現，畢竟這個場合可是目的性十足……找到一個值得交往的好伴侶。

今天大約是六男六女，嗯嗯比上次還多了兩個，阿樂暗自高興。

這種場合第一個注意到的，當然是女士的素質。

第一個女士給人很堅強的感覺。

第二個女士長得像國小老師。

第三個女士有點俏麗。

第四個女士感覺很會持家。

第五個女士感覺會駕駛坦克。

第六個女士的體重則是第一個女士加第二個女士。

阿樂喜歡哪一種女人，其實他自己也不清楚。

但照外表來看，很顯然是那個編號三、穿著粉紅色長外套、長髮披肩的俏麗女士拔得頭籌。她將是今天晚上每個男士展示紳士風度的第一目標，也是其他五位女士的眼中釘。

當然了，氣勢很弱的阿樂並不覺得自己有份跟她交往，於是他將注意力擺在他心中外表排名第三的女士，那一個給人很剛毅堅強印象的女士……

好，決定了！

本日目標就訂在跟這位剛毅堅強的女士交談十句話以上，之後還能幫她在路邊攔計程車回家吧，阿樂暗暗下定決心。

用餐的桌子是鋪了白色襯墊的長桌，婚友聯誼社為每個男士女士安排了面對面的坐法，一排男，一排女，好讓每個人都可以看清楚對面六位異性的面孔。

阿樂被分配到的位置不錯，位於正中間的兩位，靠右。

一坐下來，馬上從男生這邊上演起交換名片大賽。

阿樂的神經開始緊繃起來。

「妳好，敝姓陳，在物流產業工作。」

一個高個子男生自信滿滿地發送名片。

這是典型模糊不清的講法，物流也分很多種啊，阿樂不置可否。

「你好，這是我的名片，請多多指教。」

一個戴著厚實眼鏡的男人不疾不徐地發送名片。

言簡意賅，阿樂喜歡這種。

「大家好，如果各位有保險或理財上的疑問，請盡量打電話給我。」

堆滿笑容的男子一邊鞠躬，一邊將名片送到每一個女士的手上。

這種自我介紹法最笨了，大家都是來這裡交朋友的，你竟然還想做生意？

「希望大家都不要有找我的一天，哈哈！這是我的名片，我在警察局工作。」

一個警察嘻皮笑臉地發著名片，也爽朗地用眼神與每個男士迅速交流。

還滿風趣的？阿樂心想，看來這個開朗的警察會成爲飯局的焦點。

「大家好，希望能在這裡遇見知心的好朋友。敝姓張，現在是一個老師。」

表情略顯僵硬的中年男子，將設計呆板的名片愼重地放在桌上。

看來也是個容易緊張的類型？阿樂暗自慶幸。

最後輪到阿樂。

前幾次來婚友聯誼社聯誼，阿樂都慘輸在交換名片這個環節。

阿樂的職業當然無法印製名片，而他也不想爲了營造自己的優勢，去鬼扯自己是某某炙手可熱的行業中人。畢竟自己是眞心想找個人愛。

但沒有印名片，阿樂支支吾吾了半天就是無法編造出自己平常都幹了些什麼，上一次飯局就因此被當成是在家待業的米蟲，從頭到尾都被每一個女人冷落。

其中一個經紀人知道阿樂的困境後，在上一次交單時順便幫他印了一盒名片。

名片上頭寫著：常德殯儀館　鍾家樂

「等等！爲什麼要印……殯儀館的名片？」

接到名片的阿樂看起來不是很開心。

「唉，你不是喜歡誠實嗎？」

這個經紀人叫韓吉，底下的殺手都管他叫韓吉哥。

「我是殺手，就算殺人，也不算在殯儀館工作啊！」

「算是相關產業啦。」

「這……這種名片，一點都不酷，不可能交到女友的吧？」

雖然嚴重缺乏跟異性相處的經驗，但這一點社會常識阿樂還是有的。

「所以殺手算是很酷的職業嗎？很有型是吧？講出去就八面有風？」

「不，我不是那個意思，只是殯儀館……」

「做人腳踏實地一點吧阿樂。」

阿樂終究還是收下了那盒名片。

現在，那盒名片總算派上用場。

戰戰兢兢地，阿樂面紅耳赤將名片交送到每一個女士手上。

「請多多指教，多多指教。」阿樂盡量保持笑容。

每一個女生拿到，都先是楞住，然後努力擠出一份貼心的微笑。

「常德……你這是哪一間殯儀館啊？」那位警察也看了一下名片。

「嗯，常德殯儀館。」阿樂謹慎地說。

「我知道，名片上有嘛，但我聽都沒聽過，咦，名片上沒寫地址？」

「嗯。」

「嗯？」那警察點點頭，恍然大悟：「這是一種避諱是不是？」

「對，對對。據說是這樣。」阿樂趕緊附和，感謝你的不懂裝懂！

那一個看起來會駕駛坦克的的女人注視著名片，忍不住將手輕輕舉起。

「不好意思，請問大體解說人是什麼意思？」

阿樂怔了一下，有點理解不能。

「大體解說人啊？名片上印的這個。」戴著厚實眼鏡的男人也很好奇。

啊？

什麼東西！

自己竟然沒有注意到名片上印了職稱！

究竟什麼是大體解說人！這麼古怪！韓吉哥是在整我嗎！

平常心！

平常心！

「顧名思義，就是解說大體的人。」阿樂竭力鎮定，嘗試從字面上出發。

「解說大體？」坐在旁邊的警察眉頭一皺。

「就是向死者家屬，以及有興趣的人……解說大體。」

阿樂冷汗直冒，只能繼續在字面上打轉。

餐桌上的男男女女表情都很古怪，刀叉行進的速度也變得很慢。

但不只是阿樂快精神崩潰了，這個狀況同樣考驗著來參加聯誼的每一個人。

這種飯局要有任何的狀況、任何的話題，都是表現自己的機會。

「喔……」那個身任教職的男人點點頭：「時代變遷，新興行業也多了起來，比如部落格寫手，十年前根本就不知道那是什麼呢。」

「對啊，沒想到就連殯儀館的分工也越來越細，眞想不到。」賣保險的男人重新堆起了笑容：「分工越細，就代表越專業呢！」

「是的，我很努力解說。」阿樂像是抓到了浮木，趕緊說上一句。

「若不是在吃飯，眞想聽你示範解說一下呢。」對面那一位俏麗的女士開玩笑。

「嗯嗯，改天一定有機會，一定有機會！」阿樂也笑了。

語畢，全場沉默。

阿樂呆呆地看著大家低頭吃飯的樣子，所有人的臉上都是扭曲的表情。

怎麼？

自己說錯了話？

啊！是了！好像眞的說了很不吉利的句子……不過！

不過這時候若有人接一句笑話，大家配合哈哈大笑一下，不就解除尷尬了嗎？

沒有。

沒有人講笑話，沒有人搭腔，氣氛持續古怪的低迷。

阿樂心中沮喪，默默地吃完了這頓飯。

今天還是失敗了。

唉。

7

明明不該這樣結束的。

按照計畫，或說按照幻想，自己至少可以幫那個剛毅堅強的女人攔計程車回家，在車窗旁裝模作樣地說：「回家以後打個電話給我，讓我放心。」之類的貼心話。

運氣好一點的話，也許還能漫步送她回家……

運氣再好一點點的話，也許她會在門邊試探性地問，要上來喝杯茶嗎？

結果還是一個人。

阿樂默默回家的時候，跟往常一樣，覺得很孤單。

在路邊的自動販賣機默默買了一罐熱伯朗咖啡，希望可以得到一份價值二十五元的溫暖。結果鐵罐上只有敷衍的一點點溫度，他默默又喪氣地用想像力暖著手。

默默走著走著，默默走到了敦化南路上的誠品書店門口。

每天到了晚上，總可以在這裡看到許多情侶在那裡約會。

形單影隻的阿樂坐在臺階上，看著曖昧中的男男女女在前面勾勾手，嬉笑玩樂。

「好想交女朋友喔……」

殺手這種職業，見不得光。

有人說，當殺手還不就是爲了錢，接單的報酬比一般上班族豐厚許多，一旦錢賺夠了，自然可以金盆洗手，擺脫殺手這一黑暗職業，改行去做些可以塡在信用卡申請表格上的工作。

會這麼想，實在是想錯了願意當殺手的人。

表面上，殺手只是一份職業，無法將所有的殺手歸納成同一種人。

就因爲都是人，所以各有各的個性，各自擁抱自己的命運，就跟你我一樣。

不見得每個殺手都喜歡殺人。

但，一定每一個殺手都不討厭殺人——光這一點就足以構成精神上的集體異常。

除了極少數人是被幫會所逼，不得不爲幫會出頭殺人外，眞正的職業殺手之所以入行，都與他們的人格特質、與特殊的人生際遇有關。

幾乎，每個職業殺手都視這一份結束他人生命的專業，爲自己的「天職」。

縱使有些殺手同時擁有不同的職業與身分，不殺人的時候，他們便用普通人的面貌隱藏在我們的周遭，但也有些殺手自認自己就只會做這一件事，殺人，就跟修車師傅有時會感嘆：「這輩子我就只會修車。」一樣的道理。

不殺人，便失去了某種生存的意義，這種失落非常人所能想像。

在奪取他人性命的時候，阿樂覺得很緊張，但也非常享受那一份緊張。

別人做不到！
我可以！

——大概是這樣的感覺。

阿樂在殺人的時候獲得極大的成就感，就跟修車師傅千辛萬苦發現汽車故障的問題所在，都是一份專業獲得認可的滿足。與道德無關。

既然是「天職」，便無法說結束就結束，更無法完全以金錢報酬作爲工作唯一的衡量。

每一個殺手在執行第一次任務前，都要對自己許下一個基本承諾，一個制約。

那便是何時才能停止殺人的自我設限。

有些殺手對此制約的解讀是：爲了讓自己退出殺人職業時，多一份心安理得。

但也有殺手覺得：那是爲了確認自己何時才能解除這一種受詛咒的天職。

阿樂沒有解讀，對於制約也沒有太多的想法。

他覺得每一個殺手都這麼做，所以他當然也照做，就是這樣。

依循著行規辦事，讓阿樂心中踏實。

天台上。

師父教導阿樂以最有效率的方式組合狙擊槍。

「但師父，我想不到要許什麼制約啊。」阿樂總是很苦惱。

「不急，不急，這種事急不來。也教不來。」

頓了頓，師父才感嘆地說：「但也不得太依賴直覺。有時候直覺會誤你一生啊……」

「什麼意思？」

「我的制約是，遇到喜歡我，我也喜歡的女人啊。」

「……喔。」

眞是辛苦你了師父。

不過，可以把你的手從我的大腿上移開嗎？

阿樂皺眉，輕輕拿開師父溫柔的手。

8

出色的殺手，卻是一個很不出色的戀愛生手。

沒有交過女朋友的阿樂，看著電影中的殺手都過著浪漫風流的生活，除了感嘆還是感嘆。當然電影總是過度誇張，但現實生活裡的阿樂未免也太過淒慘。

他當然想突破困境，於是付費參加了三個婚友聯誼社，且還是最高階的VIP尊榮會員，時不時就會接到相親時間地點的簡訊，每次出席的女孩子總有一定的水平。

偶爾阿樂還會出席一些網路論壇的聚會，希望可以認識多一點年輕漂亮的女生。

可惜，阿樂缺乏所有一切正常與女生談話的能力。

殺手這見不得光的職業，不會帶給阿樂什麼心理負擔，卻讓他在與異性交談時缺乏話題——「真正的話題」。

不管效果好不好，很多男人都酷愛在女人面前高談闊論兩種事。

第一種事，國家大事。

男人喜歡在看了許多報章雜誌的社論後，在女人面前滔滔不絕用自己的話將那些精闢的他人之言說成自己的想法，最後再來幾句感嘆「時代變了」的世故，凸顯自己擅長思考。

第二種事，自己的工作。

將自己工作說得很偉大，把自己說得很忙，把自己說得很重要……所以奧義就是，務必要用淡淡的抱怨語氣談論以上三點，這樣才能凸顯自己的優秀與無法取代。

國家大事，阿樂興趣不大，雖然他的工作內容常常就是幫報紙製造血腥的社會新聞。也因此，阿樂的工作內容完全無法當作聊天的一部分，這讓他很困擾。

阿樂不覺得殺手是卑賤的工作。

他發自內心覺得，只要夠專業，就是帥，何況他還是箇中高手。

但殺人就是殺人，別說講出來會違反殺手的內規，只要是正常女生都會被嚇到。

阿樂最擅長、甚至是唯一擅長的事，竟然無法當作把妹的招式。

「我們殺手，可不是一般的殺人犯啊……」阿樂生起對這個社會的氣。

忿忿不平的情緒中，他拿起了手機。

打了兩次才撥通。

「韓吉哥，你也太不夠意思了吧？印這什麼名片？」他劈頭就罵。

「啊？阿樂？」電話那頭的聲音很吵，亂七八糟的蹦蹦聲。

「我問你印這什麼名片！」阿樂對著話筒大叫。

「你是說殯儀館？」韓吉哥的聲音感覺像是黏在夜店牆上，背景熱鬧吵雜。

「那也就算了，但到底什麼是大體解說人啊？」

「什麼？大體解說人？那是什麼！」韓吉哥聽起來很迷惘。

「……」阿樂整個無名火起。

「喔喔喔我大概是故意印了一個模稜兩可的假職業，這樣不就更好？」

「哪來的更好，爛透了，害我不曉得怎麼跟那些女人聊我的職業！」

「如果我印的是眞的職業，萬一人家認眞問你，你說得出來嗎老弟？」

「……」阿樂頓時語塞。

說起來，原本就是自己沒事先把名片上的稱謂看清楚，說不定還可以掰上一兩句關於大體解說人的笑話，藉此反敗爲勝甚至大加分。唉。

「好啦別說那個了。」韓吉哥用調侃的語氣繼續說道：「我看了今天的晚間新聞，那個在南港路三段的墜樓殺人案，是你做的吧？」

「不予置評。」

「哈哈就知道是你，高手喔小子，比起Mr. NeverDie一點也不遜色喔。」

「這不像是誇獎啊，我的命不是拿來玩的。」

當然不能跟Mr. NeverDie相提並論。

那一個衝進肅德監獄暴走的瘋狂新人，一方面傷害了所有殺手前輩的自尊心，另一方面卻也引起了殺手社群對「技術專業」的探討。

殺手都有個共識，那便是大家拿錢做事，不一定要成功，卻一定要活下來。

收錢，做事，走人。

越是簡單俐落越有專業涵養。能夠活下來的才是技術。

許多殺手覺得，Mr. NeverDie扛著幾十顆手榴彈大刺刺衝進監獄殺人，到最後也的確成功了，可是這種行徑並非趨近瘋狂，而是等同瘋狂，已經脫離了殺人技術的範疇。

「不怕死」是殺手最愚蠢的思考模式。

偏偏，Mr. NeverDie再怎麼瘋狂，畢竟也在「攻擊監獄」後活下來了。

這似乎讓他的瘋狂完全合理化，其所創下的驚異傳說「不死的星期五」，彷彿在嘲笑那些專業殺手的貪生怕死，嘲笑他們整天強調一定要有的專業技術，卻偏偏贏不了他單純的、爆炸性的、無法預測的獸性。

雖然有點怯懦，但阿樂滿喜歡活著。

Mr. NeverDie那種視生死如無物的態度，讓他無法理解。

「老弟，我知道你一直都想跟女人交往看看。」

韓吉哥聽起來有點喘，像是慢慢遠離那些熱鬧的聲音，他繼續說道：「這樣好不好，我直接幫你介紹女朋友，下次你幫我解決棘手的大單，怎麼樣？」

「幫我介紹女朋友？」阿樂感覺有點臉熱。

「是啊，我剛剛在想，像你這樣的殺人高手，可能不合適跟普通人談戀愛。」

「可是，我看到女明星會緊張，女模特兒的話也太……」阿樂登時緊張起來。

「哈哈哈哈老弟你在想什麼啊！我說的是同行！」

「……喔，是……」阿樂感到很不好意思。

「我底下有幾個合作的女殺手，據我所知有一個還是單身。」韓吉哥的聲音熱絡起來：「怎麼樣，有沒有興趣？」

「女殺手啊……但是，我比較想跟普通人交往，畢竟……」

畢竟什麼？

一時之間阿樂也想不出理由。

「你也知道，幹你們這行的女人本來就少，沒有交男友的更是極品。」

「年紀大嗎？」阿樂謹慎起來。

「我不清楚，這行業大家都有自己的祕密。但我在死神餐廳親眼見過她兩次，看起來大概二十五、二十六歲吧，還滿會打扮的，模樣挺亮麗的其實。」韓吉哥聽起來不像在騙人。

阿樂看著前面摟摟抱抱的情侶。

冷風一吹，那些小情人彼此抱得更緊，自己卻哆嗦了一下。

同行啊……

感覺好像……有一點點的不錯？

既然大家都是殺手，不需要花心思閃避身分職業的問題，坦蕩蕩的交談，至少是一個不錯的開始，這對容易詞窮、或容易講錯話的自己來說一定是利多。

忽然想起來一部關於殺手的愛情電影，叫〈史密斯任務〉。

電影中，明星布萊德彼特與安潔莉娜裘莉飾演一對夫妻，兩人都是殺手，卻不曉得對方的眞實身分，可以說兩人的婚姻其實是一場爾虞我詐的身分掩護。就在婚姻陷入瓶頸之際，因爲一場接單意外，讓夫妻倆赫然發現彼此都是殺人行家，愛情也重新燃起了熱烈的火花。

一想到安潔莉娜裘莉那性感的豐唇、那誘人犯罪的眼神……

一想到兩個超級殺手一邊朝對方開槍、一邊調情的畫面……

「這樣怎麼好意思。」阿樂的臉上都是笑容。

「但我還沒跟對方說，不曉得她有沒有交男友的意思，我看……」

原來還不一定啊？阿樂感到失望。

「我看，不如我安排你們一起接單出任務，這樣除了有共同的話題，還有共同的經驗啊，一起接單做事，等於同生共死過一場嘛哈哈哈哈！」

「聽起來還不錯！」

是的是的，好的好的，那一切就交給韓吉哥安排了。至於接單的價錢一切好說，畢竟醉翁之意不在酒嘛，阿樂在電話這頭不斷地道謝。

通話結束。

阿樂看著沒有星星的天空傻笑。

9

幾天後，阿樂帶著一份價值六十七萬的幸運，接到了韓吉哥的電話。

「一切都安排好了，哈哈哈自己好好把握吧！」

「是！非常感激！」

這是一張沒什麼太了不起的單。

目標是一個年約三十五的酒店男公關，買家希望他死在自己家裡，現場還要偽裝成強盜殺人的感覺，所以不能用槍，得用刀。

可能的話，買家希望目標的致命傷在頸部，切開喉嚨後慢慢讓他痛苦而死。

其餘的附加條件倒是很重要。

這男公關有一台筆記型電腦，殺了他之後要順便帶走，原封不動交給經紀人。

如果現場發現有標題不明的自燒光碟片、隨身碟，或外接式硬碟，通通都要打包帶走。

根據報紙社會版大量提供的犯罪常識，阿樂猜想，買家大概跟這個目標有什麼感情糾紛，濃情蜜意時被拍了一些活春宮影片，所以在殺了目標之後，還要殺手一併拿回筆記型電腦跟所有可能儲存影片的硬體。這僅僅是合理的猜想，無關緊要。

雖然這單很容易，可阿樂這次出任務的心情比平常緊張很多。

表面上是一起殺人，但重點是約會。

第一眼的印象很重要。

不曉得對方是一個什麼樣個性的女人，審美觀又是何種品味，但慎重起見還是盛裝打扮比較妥當吧？

既然是約會爲主，就不能以平常合適殺人的打扮爲出發，否則對方一定會覺得自己是一個不解風情的工作狂。

抹了髮膠，刮了兩遍鬍渣，穿上一身深黑色的西裝，將皮鞋擦得烏亮。

還有，連刀身都磨得閃光。一個好殺手必須好好善待他的謀生工具。

帥。

有型。

阿樂在鏡子前走過來走過去。

拿著刀，反握，正握，不斷做出揮刀割喉的姿勢，還配合上幾種不同的表情。

淡淡的冷酷？

這個好像不錯。

眉宇間夾帶一縷「請不要怪我」的憂傷？

不，這個感覺有點娘炮。

搞清楚我們的職業就是殺人，沒有必要裝模作樣裝憂鬱啊！

極度專業的面無表情？

不不不，我是去約會的，不想讓對方覺得我是一個沒有感情的工作機器。

從容不迫的自信？

……這個表情好像不錯？嘴角再微微帶笑，感覺游刃有餘。

如果再配合一句有點小搞笑的對白，比如……「你已經死了」、「記住我的臉，下輩子找我報仇！」、「安心上路吧兄弟」、「殺你的不是我，是這把刀！」、「看！三！小！」是不是就更加分！

雖然可能會有點冷，但至少對方會被自己逗笑吧？

修車師傅在把妹的時候一定也是一邊修車一邊講笑話，職籃選手也是一邊灌籃一邊講笑話調戲啦啦隊吧，所以自己在殺人的時候隨口說笑，看在同行的眼中一定覺得很瀟灑！

「早就該和同行談戀愛了，怎會這麼遲才被點醒呢？」

阿樂嘖嘖，不斷在鏡子前傻笑。

話說那個G，不也跟霜交往過嗎？

殺手配殺手，當然！

10

時間是清晨四點半，微寒。

前晚稍早下過一點小雨，彷彿是老天刻意點綴的浪漫。

大樓電梯小小的空間裡，是兩人第一次碰見對方的地點。

不必靠感覺，阿樂一眼就看出來身邊的女人就是自己今晚的約會對象。

的確滿漂亮，也的確二十五歲左右，穿了黑色小禮服，手裡拿著一個愛馬仕包包，還噴了足以妨害任務的玫瑰香水，足見這女人也很重視今天的約會勝過任務本身。

這算是好的開始吧，阿樂暗暗慶幸。

女人按了二十六樓，目標所在的樓層。

電梯向上。

如果都不說話，便錯過了聊天的第一時機，然後便是長達二十六樓的沉默。

沉默？

不，今天不行。

初次見面，裝酷只會帶來反效果，這時候當然該由男士展示風度。

「韓吉哥說妳，叫做小仙。」阿樂放慢語調，免得忘記呼吸。

「……你是阿樂。」女人有點不自在地移動視線，似乎也有點緊張。

小仙也會緊張啊，那是不是代表小仙也很在意自己的表現呢？

「妳很漂亮，今天晚上可以跟妳一起殺人，是我的榮幸。」

「我也是，我也很期待今晚的殺人。」

用緩慢的呼吸穩定心情，阿樂開始欣賞小仙的側臉。

很美的輪廓，從額頭到鼻尖，劃過嘴唇一直勾到下巴，這條側臉曲線眞精緻。

嘴唇雖然沒有安潔莉娜裘莉那麼豐厚，卻也小巧的很性感，搭配亮亮的唇蜜，有一種誘人接吻的光澤啊！

阿樂忍不住感激起韓吉哥的牽線，以後有機會多接接他給的單子吧？

被初次約會的男人這麼盯著看，小仙持續著略帶侷促的緊張。

正在做事中的殺手，五感原本就處於極度敏感的狀態，阿樂察覺到小仙的不自在，顯然，小仙也察覺到了阿樂的心跳很快。

天啊，這難道就是戀愛嗎！

阿樂握拳，頸子微仰，眼角泛著激動的淚光。

十一樓。

「冒昧問妳，妳做事多久了？」阿樂努力找話，這是男人的工作。

「嗯。」小仙下意識咬了一下下唇，生硬地說：「五年。」

「我九年。」阿樂點點頭。

等等！阿樂立即虎軀一震。

這麼問又這麼自答，不就是在向小仙炫耀自己的資歷比較深嗎？

沒有女人會喜歡拚命炫耀的男人，尤其是第一次見面！這是社會常識！

十五樓。

「其實，說是做了九年，但我其實還滿爛的。」阿樂啓動緊急謙虛模式。

「我……」小仙不安地看著電梯的數字增加，吐出：「我也很爛。」

「眞的，我一直覺得自己的手法不夠純熟，個性也很莽撞。」

「……我眞的很爛，等一下請不要笑我。」小仙有些著急起來。

眞是貼心的女孩兒啊，阿樂心中一陣溫暖。

二十二樓。

「那妳打算怎麼做呢？等一下……的步驟？」阿樂謹慎。

「你的資歷比我深，你決定吧。」小仙咬著嘴唇。

對，沒錯。

阿樂想起為了準備今天的約會，所特別買的暢銷書《第一次約會就上手》。

書裡提到一個大要點，就是不要凡事都問。

比如你問女生：「想吃點什麼？」

百分之九十五的女生會回答：「都好。」或「隨便。」

表面上，你是在表達你的尊重與紳士風度。

但其實第一次約會的重點遠遠不是吃好吃的東西，而是「想在對方面前表現好」。

所以根本沒有女生會坦率地說自己特別想吃什麼，因為她們根本不在乎，你問這種問題，不過就是逼女生暴露出自己對想吃什麼東西沒有想法，除此之外別無用處。

最好的做法是，提出一個明確的目標，再於句子的結尾添上一個紳士的問號。

比如：「我知道這裡有一間評價很好的日本料理店，不曉得妳有沒有興趣？」

代表你是一個有品味、有主見的男子漢。

比如：「咦，這間咖啡廳外表看起來挺有意思的，我們去試試看？」

代表你是一個很隨性、很好相處的好好先生。

比如：「今天天氣眞冷，妳覺得吃薑母鴨好呢？還是羊肉爐？」

代表你是一個有想法、卻也願意把想法與人討論的主管型男人。

以上皆可，就是不要問：「今晚妳想吃點什麼？」

決定了，等一下就帶點主動吧！

百分之八十像個男子漢，再加上百分之二十的紳士！

11

二十六樓。

登，電梯門打開。

阿樂與小仙一前一後走出。

長廊上迴盪著高跟鞋踩地的聲音，與皮鞋的踢踏聲。

兩人慢慢來到目標居住的高級套房門口。

不須多問，阿樂拿出簡單的開鎖工具。

「等一下由我先動手，如果我有什麼怠慢之處，妳儘管補上。」

「好。請多多指教。」

正當阿樂想默默展現他開鎖方面的天分時，小仙已伸手按下了門鈴。

阿樂一驚。

小仙這一按，竟然手指戳戳戳戳個不停，阿樂不明究理地僵在一旁。

他看著她，她的表情似乎有些煩躁。

特別約好清晨做事兼約會，不就是爲了確保職業是酒店男公關的目標睡意正沉嗎？

不就是爲了潛入方便嗎？

爲什麼要吵醒可能還帶著酒意的目標，增加做事的難度呢？

還是，這個按鈴的動作別有用意？阿樂傻了。

小仙的手指兀自戳個不停，沒停過的鈴聲弄得阿樂也開始毛躁起來。

喀喀喀一陣鏈條掛鎖解開的聲音後，門跟著毫無警覺地打開。

一個男人略不耐煩大叫：「來了！」

門後窸窸窣窣，傳來粗魯的碰撞聲。

「誰？」男人睡眼惺忪。

充滿酒意的身上竟還穿著皺掉的襯衫，與一條凱文克萊的藍色四角褲。

就在阿樂抽刀發難的前半秒，小仙已快速絕倫將她腳下的高跟鞋踢出！

踢向目標的下體！

這可不是開玩笑的一踢，而是殺手的專業招式，力道與角度都掌握得絕好。

目標乾嘔一聲，臉色發青倒下，兩眼歪曲上吊，一句幹你娘都吭不出來。

小仙用力朝目標低下的腦袋補上一腳，高跟鞋的硬鞋跟重擊在太陽穴上。

目標一陣強烈的暈眩後，小仙又馬上朝目標的下體再踢一腳！

又踢！再踢！瘋狂踢！拚命踢！

「……」

阿樂呆呆地站在旁邊，看著小仙歇斯底里、卻又專業至極地踢著目標的睪丸，連續的爆蛋攻擊讓身為一個男人的他非常同情。

卻也，非常，莫名其妙！

手裡拿著慢慢抽出的刀，阿樂用力咳了一聲，這才讓小仙回過神。

「嗯！」小仙撥開頭髮。

「嗯？」阿樂努力思考小仙謎樣的表情。

「你要動手了嗎？」小仙看起來很暴躁。

「……不如我們先把他，拖進房間裡？」阿樂瞠目結舌。

於是小仙大剌剌踩過目標的背，走到房裡。

阿樂趕緊拖著目標的衣領，將口吐白沫的他拉進房裡，反手把門關上。

燈打開，小小的樓中樓客廳充滿了濃濃的酒味和菸味。

目標還有微弱的知覺，但臉色發黑，看來放著不管也會因睪丸破裂而死。

到底是怎樣？剛剛不是說要讓他先動手的嗎？

怎麼突然踢目標的老二？是自己動作太慢了？

還是這個叫小仙的女殺手做事的風格頗為與眾不同……阿樂陷入思考停滯。

「你終於要動手了嗎？」小仙焦躁地看著阿樂。

「啊？」阿樂趕緊說：「是！」把刀拿在手上。

小仙瞪著阿樂，咬著牙，似乎很忍耐地說：「我可以，再踢幾腳嗎？」

「爲……爲什麼？」

「可以嗎！」

阿樂呆呆讓開，讓小仙的高跟鞋繼續荼毒目標的下體。

不是一腳，也不是幾腳，是好幾十腳。

目標咿咿呀呀，然後嗚嗚嗚嗚，最後是哼哼哼哼哼。

最後的最後，當然是什麼聲音也發不出。

斷氣了。

阿樂難以置信地看著下體一陣糜爛的目標。

「不是說，要用刀子切開他的喉嚨嗎？」阿樂快要無法呼吸。

那奇怪顏色的汁液從四角褲底下滲出，比狂噴的鮮血還恐怖。

先不論睪丸被踢糊這最糟糕的部分，目標心臟停了，就沒了血壓，在氣絕的目標喉嚨割上一刀，血不是用噴的，而是慢慢慢慢地流，法醫在鑑定兇案現場的時候就會從血跡的噴濺形狀發現兇手是在死者斷氣後才割喉，而非死者因割喉致死。

光是這一點，就遠遠不符買家下單的附帶條件。

「那你剛剛爲什麼不切！」小仙竟然開飆。

「剛剛妳說想踢幾腳。」阿樂沉住氣。

「你可以不讓我踢啊！你想切就切啊！」小仙惱羞成怒。

「我怎麼知道妳會一直把他踢到死？」阿樂不自覺握緊刀子。

「你就站在旁邊，你是有叫我停嗎！有嗎！」

是沒有。

無奈的阿樂仰起脖子，沒有蒼天可看，只好看天花板。

「現在怎麼辦？我要怎麼替你收拾殘局？」小仙咬著指甲，進入深思。

「替我收拾殘局？」阿樂傻眼。

「不然呢？放著不管嗎？」小仙瞪了他一眼。

當然不能放著不管啊！但到底是誰要幫誰收拾殘局啊！阿樂氣到發抖。

只見小仙走到屋角的廚房，翻翻找找，拿了一把菜刀走過來。

也是……不管怎樣還是要把目標的喉嚨切開。

「妳不用自己的刀嗎？」阿樂隨口。

「刀？」小仙狐疑。

刀！

這女人原本就沒帶刀嗎！原本就沒打算切開目標的喉嚨嗎！

「借過。」小仙與渾身發抖的阿樂擦肩而過。

蹲下，小仙一刀剁下，將目標的喉嚨給剁開，失去活力的鮮血汩汩流出。

然後繼續剁！剁剁剁剁剁剁剁！

「妳在幹嘛！」

阿樂大吃一驚，趕緊蹲下拉開小仙的手：「住手！」

小仙皺眉，臉色不悅：「要換手了嗎，九年的？」

九年的！她叫我九年的！

天啊！爲什麼這個女人走出電梯以後就變成完全不同的人啊！

艱辛地搖搖頭，阿樂壓抑地說：「夠了，可以了，妳先去旁邊休息。」

可來不及了。

畢竟是專業殺手，毫釐不差，剛剛小仙每一刀剁下去的位置都完美地剁在上一刀落下的傷口，一陣狂風暴雨的剁剁剁剁剁，簡簡單單就將目標的頸子給剁斷。

阿樂怔怔地看著目標肢首分離的腦袋，滿地狼藉的鮮血，腥味撲鼻。

一種絕望感油然而生。

12

怎辦？

跟買家的要求相差太遠了。

這根本不像臨時起意的搶劫殺人案，不僅踢爛了男性的下體，還沒人性地斬首，根本就是仇殺！完全是仇殺！

這種程度的超級大仇殺絕對會爲買家帶來很大的痲煩啊！

「妳到底在想什麼？」阿樂痛苦地抓著頭髮：「我們是殺手，專業又稱頭的殺手，怎麼會搞得自己像殺人犯？怎麼辦？現在到底是要怎樣！」

完全沒有頭緒。

這種絕望感從未發生過，就算是半年前在高速行駛的歐洲之星列車上被五個國際刑警追著跑，子彈只剩下區區三顆，也沒有此時此刻的毫無想法！

「九年的，不要囉嗦了。」小仙看起來很不耐煩，用抱怨的語氣說：「像個男人一樣趕快把事情做完，今天的重點其實是約會不是嗎？」

約會？

跟妳？

「你快點把屍體切一切裝袋，我去開瓦斯。」小仙起身。

「爲什麼要開瓦斯！不要開瓦斯！」阿樂大吼，用力揮舞手中毫無用處的刀子：「而且我也沒有要分屍！爲什麼要分屍！誰說過要分屍了！不要指揮我，不要說話，坐好，讓我靜一靜！」

「……了不起。」小仙忿忿不平地坐下：「九、年、的。」

兇殺現場的氣氛不是變得很差，是變得更差。

兩個原本是來約會的殺手陷入沉默。

用力思索了一分鐘，用力緊握頸上的幸運項鍊一分鐘，用力深呼吸了五次。

運氣啊運氣……

還以爲今天的案子用價值六十幾萬的運氣對付便綽綽有餘，沒想到情勢這麼惡劣！

「九年的，我覺得……」小仙不曉得又想到了什麼。

「不要說話！」阿樂大爆炸，小仙只好悻悻閉嘴。

遇到這種劣勢，該如何解？

師父教過的東西裡面，有什麼可以拿出來應急？

想了長達十分鐘，終於阿樂做出差強人意的結論。

那是師父所教的四大「故佈疑陣」方法之一。

「不能牽連到買家，所以絕對不能變成仇殺。」

阿樂看著死不瞑目的目標頭顱，下定決心道：「都已經這樣了，乾脆變本加厲，弄得像是心理變態或宗教狂幹的。小仙，從現在起妳專心負責分屍，我負責其他的部分。」

「嘖嘖嘖，剛剛還罵我，結果還不是要分屍。」

小仙冷嘲熱諷，拿起厚重的菜刀走向沒了腦袋的目標屍體：「九、年、的。」

「……」阿樂隱忍心中的怒氣，緩緩地說：「記住了，除了分屍以外什麼都不要做，動作快一點，免得……」

「我知道，弄太久就吃不到麥當勞早餐了。」小仙沒好氣地說。

什麼？

阿樂慢慢轉頭，無法置信地看著小仙。

只見小仙一刀剁下，專業地剁在關節與關節之間的軟骨上：「還敢命令我，明明從剛剛到現在什麼都我在做，你完全沒動手，卻一直罵我，眞的好難相處。算了，麥當勞早餐只賣到十點半……」

阿樂的眼神充滿了迷惘。

爲什麼韓吉哥要介紹這個女人給我呢？

我到底是哪一點惹到韓吉哥呢？

雖然偶爾會拒絕韓吉哥的單，但那純粹是因爲沒買到足以應付困難任務的彩券，而不是什麼雞雞歪歪的瞎掰理由啊！

爲什麼！韓吉哥你到底有什麼不滿你告訴我啊！

終於失控的阿樂，忍不住用力一刀刺向枕頭。

「你幹嘛？」小仙撇頭。

「……沒。」他生硬地搖頭。

阿樂一向非常冷靜，甚至帶了點笨拙的木訥，從來沒發現自己也有那麼暴躁的一面，過去不管遇到再怎麼不爽的事，也僅僅用大量的內心話嘶吼，沒想到剛剛卻崩潰到直接吼出來……

呼。

專心。

此時此刻更需要專心致志，這才是殺手的職業精神。

他快速收拾買家要順便偷走的東西，一台筆記型電腦以及一個隨身碟，幾片燒錄過的散裝光碟等等，就用目標放在衣櫃上的黑色背包直接裝好。

接著阿樂拿起剛剛被剁下來的半隻手，在牆壁上塗寫精神錯亂的僞宗教語言，諸如編號五的末日來臨、逆轉惡魔反淨化、謗佛者死、第十六個使徒帶著血與仇恨降臨了、這只是開始、來自天馬星人的指示之類的詭異用字。

寫到乾乾的、怎麼擠也擠不出血了，便再拿起另一隻斷腳再接再厲。

當阿樂專注在模擬宗教瘋子的創作時，小仙的剁刀聲卻越聽越……有節奏感。

「……」阿樂皺起眉頭。

從菜刀剁下的節奏聽起來，似乎有那麼一點點的奇怪。

不會錯的。

小仙的剁刀聲不斷重複著一小段簡單的音律，那是……

剁剁剁～～剁剁剁～剁～ 剁剁剁～～剁剁剁～剁～ 剁剁剁～～剁剁剁～剁～

剁剁剁～～剁剁剁～剁～ 剁剁剁～～剁剁剁～剁～ 剁剁剁～～剁剁剁～剁～

剁剁剁～～剁剁剁～剁～ 剁剁剁～～剁剁剁～剁～ 剁剁剁～～剁剁剁～剁～

忽然之間，那熟悉的剁刀聲撞進了阿樂的記憶深處，令他不自覺地哼了出來。

「麥當勞～～都是爲～你～」

阿樂自然而然這麼一哼，渾身頓起雞皮疙瘩。

小仙的剁刀聲愕然停止。

她抬起頭，笑道：「猜出來啦？那我換一首比較難的喔！」

接下來是……

剁剁剁剁剁剁～剁剁剁剁剁剁～剁剁剁剁剁剁剁～剁剁剁剁剁剁～剁剁剁剁剁剁～剁剁剁剁剁剁～剁剁剁剁剁剁剁～剁剁剁剁剁剁～剁剁剁剁剁剁～剁剁剁剁剁剁～剁剁剁剁剁剁剁～剁剁剁剁剁剁～

不折不扣，是生日快樂。

這個女殺手，竟然一邊剁屍體一邊配上生日快樂的旋律。

眞是夠了。

「猜到了嗎？」小仙眨眨眼。

失魂落魄的阿樂撇頭一看，手裡拿著的斷腳抖了起來。

小仙哪裡在分屍？

這女人根本是在做菜！

13

兩份失去溫度的滿福堡餐，兩杯冷掉的拿鐵。

麥當勞。

「對不起」這三個字，小仙已說了一千次。

她淚流滿面，道歉誠懇，哭到整間麥當勞的人都偷偷在看。

總是不斷自我反省的阿樂心想，剛剛的確是太兇了點，但自己可是一點也沒錯。

小仙之所以哭得那麼崩潰，主要還是她自己情緒大起大落，那也是她應得的。

「我知道，我剛剛失態了！對不起我真的知道完全是我不好！」她哭。

何止失態！完全是神經病！

「其實也還好啦。」阿樂表情僵硬地說著違心之論，用薯餅沾番茄醬。

「我搞砸了對不對？今天的約會我徹底搞砸了啦！」她大哭。

豈止搞砸！完全是神經病！

「沒有妳說的那麼糟，大家都是同行，我可以體諒。」阿樂勉強安慰。

「我知道你在安慰我，但是我每次都這樣，一做事就像變成另一個人，變得太完美主義，很想表現，想把所有的細節都做好……我知道沒有男人會喜歡吹毛求疵的女人……」她抽抽噎噎，幾乎要喘不過氣。

什麼？妳在說什麼……我完全聽不懂！

這跟完美主義一點關係也沒有，超級不完美！爛透了！神經病！

「沒關係，反正現在都結束了，妳也不用想那麼多。」阿樂生硬地說。

百分之一億是不可能跟這個神經病女人交往的，但當著面，阿樂總不忍心太傷害她，今天晚點再請韓吉哥代為轉達彼此不適合交往的意思，比較妥當。

至於現在，就姑且安撫她，吃完這頓沒有味道的早餐後就各走各的吧。

「你人眞好，我從來沒有想過可以遇到像你這麼好的人……」小仙淚眼汪汪，不住地道謝：「我的本名叫張家祺，我發過誓，這個名字我只告訴懂我的男人。」

「啊？」阿樂感到很不舒服，立即正經地說：「其實我們只認識了一下下，還談不上了解。但總有一天妳一定會找到眞正了解妳的人，我相信。」

眞的，一定找得到的。

有一堆懂妳的人都在精神病院裡等當妳室友，或等著開藥給妳吃。

小仙猛點頭，瞪大眼睛說：「你看著我，看我的眼睛。」

「嗯。」阿樂只好看回去。

很不舒服的四目相接。

「你，會不會有一種想要把我殺掉的想法？」小仙瞇起眼睛。

怎麼會忽然來這麼一句？上聯咧！

「不會，完全沒有。」阿樂斷然否認，這倒是眞的沒有。

「但我有。」

「！」

「我一直想試試看，殺掉眞正的高手是什麼樣的感覺。」小仙咬著下唇，靦腆地說：「但萬一眞殺了你，我就沒有辦法跟你交往了，與其這樣，不如還是先相處看看，相處不來再看看能不能殺掉你。」

「我們恐怕……」阿樂的腦子裡千頭萬緒。

「不合適？」小仙有些激動起來。

「不，也不是。」阿樂完全不曉得自己在說什麼。

「我很想跟你交往，因為……」

「因為什麼？」阿樂也不知道自己為什麼要問為什麼。

「因為你感覺好專業喔，而且剛剛兇我的時候也好MAN，好有型，一定很難殺，不……說不定被殺掉的不是你，是我……那樣就不好了。」小仙羞赧地說：「唉呦，哪有女生先告白的啦！」

阿樂頭皮發麻，腳趾發冷，不自覺打了個冷顫。

他絕對不是害怕自己的身手會輸給小仙。

阿樂是職業殺手中的頂尖好手，他不僅信賴自己殺人的技術，也信任自己不被殺的技術，這不但是心理上的自信，也是無數經驗累積下的堅強結論。

但「本能」也是殺手重要的特質之一。

過去兩個半小時裡，兩人一起出過任務，阿樂深深感到恐懼……

不是恐懼被殺，而是恐懼這個女人散發出來的一切氣息。

不管是殺她還是被她殺，中間過程發生的每個細節一定都很恐怖！！

「九年的，我們等一下去哪裡？」小仙幽幽地說。

「啊？」阿樂凝視著薯條，說：「我沒有什麼想法，其實我有點累了。」

「這樣就累了？我們的約會難道就是吃麥當勞早餐嗎！你根本就不想花時間了解我……」

小仙非常不以為然，忽然又哇哇哭了出來：「我知道了，你果然是討厭我了，就跟你說對不起了嘛！你到底想怎樣！都只會說我錯，好啦都是我的錯嘛！」

「這個……」阿樂握緊吃到一半的薯餅。

薯餅爆裂。

這個時候，無論如何都要硬起心腸不要回話，否則後患無窮。

小仙的哭聲越來越大，越來越淒厲。

全店裡的人都用一種責備負心漢的表情往這裡看來，氣氛好尷尬。

阿樂只好深深呼吸……

「我是真的累了，老實說我從來沒有那麼累過，通常做事都只花我短短幾分鐘的時間……我現在只想回家洗個澡，然後睡到自然醒。所以今天的約會算是我精神不濟搞砸的。」阿樂胡說八道，沒有一句話經過思考。

「那我們下次見面是什麼時候？」小仙精神一振，回復力超強。

「關於這點我會跟韓吉哥說。」阿樂可不想在這裡直接拒絕。

「九年的，給我你的手機號碼。」小仙拿出粉紅色的掀背手機：「我們以後自己約，才不要找人當電燈泡呢。」

「……自己約？」

「對啊，不過當然是你約我，因爲你是男生嘛！」

「等等！妳不覺得我們的進展太快了嗎？」阿樂慌慌張張。

「給個電話號碼算進展太快？我們剛剛還一起殺人呢。」小仙眼神爆出殺氣。

把電話號碼給這個瘋女人實在太危險了。

即便是等級最低的鬼子，也能輕易駭進電信公司的主機、通過電話發話位址追蹤到他，也就等於讓這個瘋女人完全掌握住自己的行蹤。

就算待會馬上換號碼，過去所有的通聯紀錄也會留著，鬼子一下子就會通過發話地點的頻率確認他的住處——也就是說，他得馬上搬家！

爲這個瘋女人搬家？

絕不！

「給我。」小仙的眼神很不對勁：「給我給我給我給我給我給我！」

「好好好……但是……」阿樂緊皺眉頭，裝出有難言之隱的樣子。

但是什麼？

但是什麼啊！

雖然阿樂不擅長男女相處，但這已經完全脫離男女相處的範疇……此時此刻阿樂已將眼前的狀態視為一次極度危險的任務，內容大概是暗殺總統之類的。

他絞盡腦汁思考著，心跳卻越來越沉穩。

集中力……你需要集中力。

「好吧，但是盡量不要白天打給我，因為我大多是晚上做事，白天都在睡覺。」阿樂一邊說，一邊把手默默伸進口袋：「妳也知道幹我們這一行的，睡眠充足挺要緊的。」

「都說是你約了啊，怎麼會是我打給你？」小仙沒好氣地說。

阿樂只好胡亂唸了一串十位數號碼。

小仙一邊輸入阿樂鬼扯的號碼，一邊嘟嘴，最後按下撥號。

手機沒有撥通。

當然沒有撥通。

因為剛剛阿樂已經悄悄伸手，將放在口袋裡的手機給無聲無息關了。

「為什麼你的手機沒響？」小仙的表情充滿了壓迫感。

「我出任務不帶手機的。」阿樂平靜地說。

「你不需要鬼子支援？」小仙的雙眼散發出濃厚的敵意。

「應該說，今天不必，畢竟今天的主題是約會嘛，單子的情況也滿單純的。」

說到主題是約會，小仙就咧開嘴笑了。

但小仙手中的手機卻沒有按下停止鍵，話筒裡持續傳來細微的嘟嘟聲。

不對啊，阿樂心中一驚。

雖然自己的手機關了，但剛剛胡謅出來的號碼很有可能是別人真正的手機號碼！如果現在好死不死撥通了，別說氣氛會變得很尷尬，而是會變得很恐怖！

阿樂不自覺地握住脖子上的項鍊。

運氣……價值六十七萬的運氣……

請保佑那個胡謅的號碼不要有人，就算有人也不要現在接起來！拜託！拜託！

小仙眉頭一皺。

「？」阿樂面無表情，心跳得很快。

「手機沒電了。」小仙看著自己的手機，已沒有畫面。

阿樂如釋重負，全身都放鬆了起來。

「下次我們直接約會吧，一起看電影逛街，一起喝下午茶都好，就是不要一起做事。先做事弄得我好緊張喔，都擔心表現不好。」小仙撒嬌，將身子靠了過來。

濃郁的香水味、混雜著血的氣味也同時靠了過來。

「嗯，的確如此。」阿樂猛點頭，身子超僵硬。

在麥當勞草草結束了糟糕早餐，阿樂幫小仙叫了一台計程車。

「要約我喔！」小仙揮揮手。

「嗯啊！」阿樂豎起大拇指。

是「嗯啊」，不是「好」，這點還請妳記住了，阿樂心道。

目送她離去後，阿樂也不敢大意。

他在外面毫無章法地繞了幾條街，確認沒有被跟蹤後才敢回家。

回家前，照例將中獎的樂透彩券從項鍊夾層裡拿出，隨手往後一扔。

價值……不，只值六十萬的怪運氣就這麼飄蕩在空中。

飄進了車水馬龍。

「這眞是……」阿樂全身乏力。

這眞是，比想像中所能最糟糕的情況，還要爛透十倍的約會……

14

原來這樣也有蟬堡嗎？

一打開門，筋疲力盡的阿樂就看到門縫底下的黃色牛皮紙袋。

拆開帶著自己腳印的信封，裡頭當然放著那份專屬殺手的神祕報酬。

阿樂將沉重的黑色背包扔在衣櫃下層，把新出爐的黑暗小說隨手放在桌上。

一邊脫衣服脫褲子走到浴室，彎腰把浴缸底的橡膠塞塞好，旋開熱水。

這是他一貫的作業後流程。

不過這次他不等韓吉哥打電話給自己，他有一股氣得立即發作。

接電話的韓吉哥充滿了未睡醒的倦意，可阿樂完全不感內疚。

「我是阿樂，我先把對買家不起的部分給說了。」

阿樂劈頭就將目標被分屍……喔不，是被做成一盤菜的結局給說了，然後再把他將兇殺現場佈置成宗教型精神病患的變態手法給仔細描述一遍。

「就是這樣，總之晚一點我就會將整個袋子用宅配寄給你。」阿樂的結論。

「……你瘋了嗎？殺成那樣，這樣買家有可能不付尾款的！」韓吉哥驚呼。

「我沒瘋，瘋的是你介紹的那個神經病女人！」阿樂怒氣騰騰。

接著阿樂便將今天早上發生的恐怖約會鉅細靡遺說了一次。

阿樂語氣悲憤，聽得韓吉哥不斷說一些：「什麼？她竟然是這種人？」「不會吧？我看她挺正常的啊？」「眞的假的？你會不會形容得太誇張了？」「天啊這是開玩笑的吧？」之類推卸責任的話。

浴缸的熱水滿了，阿樂一腳踩進去。

「總之，我不想跟她交往，完全不可能。」阿樂慢慢地坐下。

「那你是要我幫忙轉述嗎？」

「不然呢？難道我有膽子當她的面說嗎？你得負責到底！」

「但是……交往不交往，怎麼會是由我來說呢？這明明就是你們之間的事。」

「韓吉——」阿樂暴氣大吼：「哥！」

「唉，我眞的沒想到你們那麼不適合。」

「不是不適合，是她有神經病！」

阿樂怒氣沖沖掛掉電話。

罵完了，發洩完了，整個精神也萎靡了。

泡在溫暖的熱水裡，心卻是冷的。

看著掛在脖子上的項鍊，阿樂又開始想東想西了。

會不會幸好還有六十七萬的運氣擋著，否則情勢還會更糟糕？

如果情勢竟然還會更糟糕，那到底是還可以多糟糕？

唉，本以爲自己只是無法跟一般女人交往，今天卻發現連同行都無法好好相處，自己眞的沒有交女朋友的命嗎？

自己不過是比較容易說錯話，比較容易緊張，比較笨，但至少自己還有勇氣參加各式各樣的聯誼啊！光這一點就比只會躲在電腦後面打手槍的宅男要強多了吧，爲什麼總是沒辦法認識漂亮的女孩子呢？

不，別說漂亮了，哪一次聯誼自己不是退而求其次，都將希望集中在中間名次的女孩身上，一點也不好高鶩遠，只求能夠有個好的開始。謙虛也錯了嗎？

但從以前到現在，唯一願意跟自己交往的女孩，竟然是一個用生日快樂歌節奏切屍體的神經病……

這個世界上，眞的存在自己的眞命天女嗎？

眞的有那麼一個女孩，在遙遠的某一角落，跟自己的命運有所連結嗎？

「我不會放棄的。」

噗通一聲，阿樂把臉埋在熱水裡。

一邊吐著氣泡，一邊含糊地大聲說：「休想我會放棄！我要交女朋友！我要交女朋友！要正！要漂亮！要溫柔！要體貼……咕嚕咕嚕咕嚕……」

雖然是個殺手，但也想要談戀愛。

不，就因爲是個殺手，活在冷冰冰的殺戮世界裡，更需要談一場溫暖的戀愛。

一起吃同一支甜筒，用同一根吸管喝可樂。

不須客套地問可不可以，就用自己叉子捲起對方盤子裡的麵條。

看電影的時候將頭靠在彼此身上，聞她的髮香，一起笑，一起哭。

睡覺前一定要說幾分鐘的電話才能去睡，說什麼也不重要，反正是個習慣。

在街上牽牽小手晃來晃去，其實也不曉得接下來要去哪裡。哪裡都好……

哪裡都好……

溫暖的擁抱不可得。

就只有溫暖的熱水環繞在自己身邊。

15

爲了那個她，那個不知道在哪裡的她，阿樂得更積極！

接下來的幾個月，阿樂持續參加各式各樣的聯誼。

參加婚友聯誼社的晚餐活動，參加網聚，參加歌迷會，甚至參加新書座談會。

爲了更了解女人，阿樂每天晚上都租一本言情小說回家研究，還把裡面的佳詞美句抄在筆記本裡，將幾句說得特別浪漫的對白努力背了下來。

書架上都是戀愛教戰書，許多摺頁都用螢光筆劃上重點。

「不好意思，你不是我喜歡的類型。」

聯誼晚餐後，一個明明就長得不怎麼樣的女人竟然拒絕他送她回家。

「我們好像沒有共同的話題。」

網聚後，一個明明在用餐時有聊過四句話的女生回信給他。

「很抱歉，我喜歡正常一點的男人。」

歌迷會認識的女人一本正經地看著他。

「先生，請你不要一直看著我，你的眼神讓我很不舒服。」

名作家的新書發表會上，排隊在前面的女人回頭瞪著他，完全不給他機會。

不擅長的戀愛持續吃癟，但日子總得繼續過下去。

仰賴價值八萬的運氣，阿樂在新竹南寮漁港槍殺了準備偷渡到廈門的前立法委員。

仗著價值四萬的好運氣，他在深圳市中心的麻將館後巷的廁所，刺殺了一個準備回台灣投案當污點證人的角頭。

懷抱著區區一萬兩千塊錢的運氣，阿樂在半夜摸進了一戶民宅，將窗戶緊閉、瓦斯打開，製造了一場全家兩大兩小死亡的可悲意外。

雖然只有四千兩百塊錢的運氣，阿樂還是走到深夜的電視台大樓地下停車場……

電梯門打開，阿樂看準了正要下班回家的目標，朝著下腹就是一槍。

目標驚詫倒下。

阿樂伸腳將即將闔上的電梯門卡住，慢條斯理打開摺在口袋裡的紙條。

依照這次的附加條件，阿樂看著紙條上面的字句說：「雇主交代，在妳死之前要唸這一段給妳聽……預備，開始！」

「？」目標迷惘不已。

「新聞自由的意思，不是讓你們這些記者依自己高興隨便抹黑別人用的，在發佈任何新聞前努力確認眞相是記者的最基本素養，爲了收視率做片面的報導來惡整善良的人，更是罪無可逭。不尊重妳自己，也請尊重自己的職業。也許妳沒有能力做到專業，但妳不能不道德，因爲你們每天經手的每一個新聞，都是當事人人生中的重大事件。」

目標呆呆地看著阿樂，嘴唇發顫，吃力地想說點什麼。

「唸完了，眞囉嗦。」阿樂聳聳肩，看著手錶上不斷刻動的秒針：「依照雇主交代，從現在起三十秒後我會給妳第二槍，妳可以開始人生跑馬燈了。」

目標吃痛地說：「……至少…請告訴……我……是誰……想殺…我……」

阿樂搖搖頭，嘆氣：「妳到底抹黑過多少人啊？難怪殺記者我都打八折。」

滴滴答答，答答滴滴。

時間到。

阿樂朝記者的頭上扣下扳機，用子彈寫下了明天的頭條。

阿樂從不覺得當殺手是要挑戰什麼，但這一陣子的單也未免太輕鬆寫意了。輕鬆到，阿樂覺得只要敢犯法，每一個人都做得到，實在缺乏技術含量。

「我可是職業的。」阿樂忍不住對著電話裡的經紀人咕噥。

「知道了，景氣總是有起有落嘛。」經紀人總是這麼說。

也好，反正最近自己的手氣欠佳，對中的彩劵都只有寥寥幾個萬……

16

潮來潮去，大單來了。

這個月，阿樂接到一個很特殊的案子。

一張不只給他，同時也下給另外三個殺手的大單。

「可以嗎?他可是個硬手。」電話裡的曉茹姊，語氣有點無奈。

「我知道。不只硬，還捉摸不定。」

阿樂摸著頸上的項鍊，那一條散發出價值三百七十萬運氣的項鍊。

在大單來臨的時候適時出現的強運，一定有它的意義。

「……我辦得到。」

那張大單的重量，絕對有同時下給四個殺手的必要。

目標很特殊，是一個叫「火輪胎」的失控殺手。

火輪胎的制約極特殊：「殺死一個絕對殺不死的人。」

天知道當初許諾的時候腦子裡想的東西是什麼，但制約便是制約，是凌駕在殺手三大法則與三大職業道德之上的存在。

萌生退意的火輪胎遲遲無法完成當初的制約，因爲「絕對殺不死的人」根本不存在。久了，便瘋了，到處亂殺人。

被火輪胎殺掉的平民老百姓死得慘不忍睹，他闖下的禍越來越難以收拾。氣急敗壞的警方放話要抓火輪胎，灰頭土臉的黑道也想把火輪胎給揪出來。

可火輪胎不只擅長殺人，也精於躲藏。

瘋歸瘋，他可沒丟掉了求生本能。

自己人，自己處理。

取得了共識，幾個曾經幫過火輪胎接單的經紀人聯手搞了一筆特殊基金，想私下處理掉這頭失控的野獸，擺明了懸賞。

接單的四個殺手中誰清掉了火輪胎，就獨拿懸賞基金的所有款項。

阿樂沒有見過火輪胎。

但，火輪胎的經紀人之一碰巧也是曉茹姊。

曉茹姊希望借阿樂的手送火輪胎最後一程，在他闖下更大的禍之前。

「其他三個人是誰？」阿樂好奇。

「錢老底下的劍哥，九十九底下的龍盜。」曉茹姊鄭重其事地說：「還有，鄒哥底下的新人Mr. NeverDie。」

都是好手。

「他失蹤好幾個月了。」曉茹姊直言不諱。

「我還以爲會聽到豺狼的名字。」阿樂頓了頓，說：「他是這方面的專家。」

阿樂不禁有點小高興，這表示這幾年自己在業內獲得了不錯的評價。

如果可以聯繫到豺狼，這件事就單純太多了。

殺手殺人，天經地義。

但有人想反過來處決殺手，也是理所當然。

這類的單沒有人比豺狼做得更好，若非豺狼失聯，或許火輪胎此刻早已安安靜靜地躺在豺狼的胃裡，變成滋養豺狼的一部分。

「聽著，阿樂，這單不只要有做事的實力，更重要的是搶先。」曉茹姊提醒。

「明白。」阿樂熱血上湧，這接近四百萬的強運來得正是時候。

「還有……」曉茹姊欲言又止。

「嗯？」

曉茹姊嘆息：「可能的話，別讓他走得太痛苦。」

阿樂握住頸鍊。

「曉得。」

17

接下來的四十三天，阿樂便投入在驚險的殺戮戰場裡。

四搶一。

四個鬼子在城市裡佈下天羅地網，慢慢將到處闖禍的火輪胎困在陷阱中。

俗話說，窮寇莫追。

劍哥首當其衝，死在火輪胎狂暴的亂槍下。

這名頂尖刺客的身上中了十六發子彈，每一槍都故意避開要害，令劍哥慢慢坐在樓梯上等死，細細體會靈魂一點一點流出體內的滋味。

劍哥沒有白白犧牲，他的死瞬間讓火輪胎最後的位置曝了光。

鬼子即時通知阿樂，阿樂以最快的速度、最緊張的心情，衝到了現場。

阿樂終究遲了。

他來到廢棄的鐵工廠時，只見剽悍的火輪胎被打成了豬頭，喉嚨被切開。

同樣傷痕累累的超級新人Mr. NeverDie坐在屍體旁邊，一邊怪笑，一邊徒手朝血肉模糊的傷口裡亂挖，約莫有三、四顆子彈散放在他腳邊的血泊中。

初次見面。

「你輸了。」Mr. NeverDie咧嘴嘲笑。

「恭喜。」阿樂只能接受，將槍收好。

阿樂轉身離去。

好不容易擺脫了過於簡單的案子，遇上了眞正的較量卻只是徒勞無功。

他懷裡的三百七十萬彩券，竟比不上這個瘋子的不要命。

「要順便較量一下嗎？」Mr. NeverDie從背後大聲試探：「放心不會打死你！」

「不好意思。」

阿樂頭也不回：「我是專業殺手。」

18

「喔，怎麼聽起來心情不大好？」

「還不就是最近那個單。」

陽光很刺眼，腳下不斷前行的影子給刻得有稜有角。

阿樂一邊快步，一邊焦急地看著手錶。

……其實今天心情才沒有不好呢，只是不想跟你廢話而已。

「我聽說了，失手偶爾都會發生的嘛。」經紀人之一的老雷諾語氣不算安慰。

「雖然以前偶爾也會失手，但……失手的感覺還是很不好啊。」

「也是。」老雷諾嘴裡濃厚的尼古丁味，好像透過話筒傳了過來：「失敗當然是不要習慣的好。總之你再考慮一下，不過就是殺個隨時都會中風掛掉的老頭，花點時間而已……」

「不說了，我正趕路。下次再說吧。」

結束通話，手裡抱著一本書的阿樂快步向前。

一點也不想接這種子女爲了早點領遺產、領保險費，把爸爸幹掉的廢單。

問題不在於道德判斷——這點對每一個殺手來說都很多餘，而在於太簡單。

簡單沒有不好，但偏偏是在重大失手後才來，會給自己一種「難的任務完成不了、只好挑些雞毛蒜皮類的活來幹」的感覺。

阿樂無意活在時時刻刻的挑戰裡，但也絕沒有把自己當小咖殺手的道理。

不過今天不想這些了，等一下阿樂有更重要的事。

「希望等一下不要太緊張啊！你行的！你一定行的！」

阿樂自我催眠似喃喃自語，不停爲自己打氣：「再怎麼說，你畢竟也是個殺手啊，不管等一下是什麼情況，都不可能比生死關頭還難應付吧！」

說起來，還眞是緣分。

就在失手挫敗的那一天晚上，阿樂在巷口麵攤接到了國小同學的電話。

說起來那個國小同學，其實也不是眞正的國小同學，因爲國小畢業紀念冊後面通訊錄裡的電話號碼根本就不是阿樂現在的手機號碼，所以那是一個誤以爲自己是阿樂國小同學的某一個陌生人。

明明打錯了電話，卻叫對了阿樂的名字。

「天啊，這就是所謂的緣分嗎？」對方是個女孩子，聲音非常甜美。

「對！這一定是緣分啊！」阿樂在電話這頭趕緊說。

言情小說裡被劃線劃了一百次的句子，就是女孩子重視緣分勝過一切。

有幾本小說裡的緣分，都是從陰錯陽差打錯電話開始的，說不定……命中註定的戀愛就會在一通錯誤的電話後，奇蹟似的超展開啊！

「對了鍾家樂同學，你喜歡看書嗎？」女孩子的聲音充滿了期待。

「看書……非常喜歡！」阿樂趕緊說。

這可不是謊話，阿樂可是一堆戀愛教戰書、與滿牆言情小說的忠實讀者。

「眞的嗎？太好了！果然是緣分耶！」女孩子很驚喜。

「哈哈哈哈哈這也沒什麼啦……」阿樂在電話這頭猛笑。

女孩子的聲音眞的好甜好美，令阿樂充滿了美麗的遐想。

聲音美，人一定也美，尤其愛讀書的女孩子啊，豈不是氣質很好？

等一下阿樂要趕去參加的是一場貴賓級的讀友會，就是那位以強大「緣分之力」變成阿樂國小同學的女孩子，邀請他來參加的祕密小聚會。

而聚會所要分享讀後感的書，就是最近排行榜上的暢銷書《成功沒有祕訣》。

爲了今天的讀友會，阿樂可是做足了功課。

當天他在浴缸裡泡了四個小時看完了整本書，也做了四大頁的筆記。

但最用心的必殺技是，阿樂在網路上搜尋到幾篇長篇大論書評，然後用自己的話融會貫通重寫了一次，再努力背起來。

雖然是作弊，但爲了在讀友會上表現出「自己很有想法」也管不著了。

19

今天天氣很棒，適合做任何事。

這種好天氣當然也適合開讀書會，以及超展開一段浪漫情緣。

讀書會的地點在捷運古亭站附近的一棟辦公大樓裡，九樓。

而那一位阿樂根本沒有看過的女孩子，就站在大樓底下等他。

依照簡訊裡的約定，她穿了一身粉紅色的套裝，笑咪咪對著他揮手。

本人的長相果然跟甜美的聲音完全相符啊，阿樂暗暗在心中喝采。

「嗨！」女孩子笑得很燦爛：「你就是鍾家樂同學吧？」

「那妳一定就是芳琦囉？」阿樂笑得合不攏嘴：「叫我阿樂就行了。」

那位叫芳琦的女孩子輕輕拉住阿樂的手，笑著說：「真的好開心認識你喔，沒想到打錯電話也可以交到你這樣一位新朋友，讀友會馬上就開始了，我們快進去吧！」

生平第一次，有女孩子主動牽阿樂的手！

「瞧你乖乖拿著書，書都有看完嗎？」

芳琦拉著阿樂走進大樓電梯，伸手按樓層的時候才順勢放開了阿樂的手。

「嗯，有。還做了……做了筆記呢。」阿樂有些結巴。

才那麼一下下，心臟噗通噗通亂跳的程度就遠超過生平出過的每一場任務。
阿樂感動萬分，忽然有一種想要流淚慶祝的衝動。

但他沒有。
今天的任務是，他要表現得像一個見過世面、參加過很多場讀友會的男子漢！

九樓到了，電梯門打開。
迎接阿樂的是一個設計高雅、裝潢頗有氣勢的房間，以及無比熱烈的掌聲。
沒錯，是掌聲。
除了芳琦外，還有九個打扮漂亮、穿著粉紅色套裝的女孩起立鼓掌歡迎他。
「歡迎你，鍾先生！」
九個女孩子異口同聲，笑得有如天使下凡。
這九個女孩每一個都很正點，每一個都年輕亮麗，個個不輸芳琦。
「鍾先生，歡迎你加入我們的聚會。歡迎歡迎！熱烈歡迎！」
芳琦不知爲何也改口了，站到眾女之中。
天啊！這就是傳說中的讀書會嗎！
早知道就多多參加讀書會！我在婚友聯誼社繳了那麼多的錢全都是扔進海裡！
「大家好！叫我阿樂就行了。」

阿樂都笑傻了，拉著椅子坐下。

這時阿樂發現有一個胖胖的中年男子先他一步坐在房間裡，手裡同樣拿著那本暢銷書《成功沒有祕訣》，看樣子也是來參加讀書會的。

不過那年約三十的胖胖男子看著阿樂的眼神帶著些許敵意……

「請多多指教。」阿樂成熟地向胖男點頭。

彷彿是在說：對不起，我比你帥。

「你好。」胖男冷淡地回應。

彷彿是在嗆：帥有個屁用，重要的是內涵。

阿樂用專業的殺手之眼再次確認現場環境。

今天讀書會上的成員清一色都是美女，現場就只有兩個男的？

估計起來是十打二，約分一下是五比一，前所未有的黃金比例啊！

想也知道自己當然不可能一口氣跟十個女孩交往，在數學上是不必把這個胖男當作敵手來看，但，如果自己面對這麼優勢的情況還大意翻船，未免就太不值得了，以後就再也沒有可能交到女友了……

最低標一定要贏過眼前這一個胖男吧！阿樂燃起雄心壯志。

「鍾先生這麼帥，一定有女朋友吧，今天怎麼不帶她一起參加聚會呢？」

其中一個看起來長得像廣末涼子的氣質美女問。
「我沒有女朋友。」阿樂喉嚨感覺很乾燥。
十個女孩妳看我、我看妳，每張臉都一副難以置信。
忽然這些女孩一齊說道：「天啊鍾先生這麼帥，竟然沒有女朋友？不可能吧？」
芳琦搗著嘴，有點害羞地說：「這麼說，我們都有機會囉！」
十個女孩笑得花枝亂顫，阿樂明顯感受到從胖男投射過來的怨毒眼神。
「啊！不要那麼說……大家都很好！」阿樂開心到不曉得自己在說什麼：「今天真的很開心來這裡跟大家一起分享讀書心得，其實我每天至少都要看八個小時的書，就算再怎麼忙也會在睡前抽空翻個幾頁……」
「我也很喜歡看書，有時候我還會自己寫東西投稿給報社。」胖男不甘示弱。
其中一個女孩訝異地說：「自己投稿！那你是作家囉！」
又一個女孩驚呼：「好有才華喔！今天黃先生能來，實在是太好了！」
還有一個女孩接力賽式跟上，用羨慕的語氣說道：「會自己寫東西的人真的很厲害呢，哪像我，光是寫一段自我介紹就要想好久喔。」
「沒有啦，只是平常喜歡用文字抒發一下心情，應該說，那些文字本身就存在了，只是透過我的筆把它們帶到這個世界上，根本談不上是作家。」胖男得意洋洋地用眼角餘光看著阿樂：「作家對我來說就像是神一樣，我充其量只是個寫手。」
阿樂心中不屑，哼哼假謙虛的人最噁心了。

「看樣子我們今天最重要的兩位客人都到囉，歡迎你們來到我們溫馨的聚會。」芳琦看著阿樂與胖男，一本正經地說：「在我們正式開始之前，我想先問兩位，請問你們對成功有什麼看法？」

「啊？成功？」阿樂不由自主坐直。

一下子就談到成功，眞是令人肅然起敬啊！

「這就要看，所謂成功的定義是什麼。」胖男推了推眼鏡，自信滿滿地說：「每個人對成功的定義都不一樣，所以到底什麼才是成功呢？什麼樣又叫做失敗？本身就有很大的討論空間。」

「喔？這怎麼說呢？」芳琦露出崇拜的眼神。

「一個月薪不到三萬塊錢的上班族，雖然薪水不多，又常挨罵，買不起大房子也開不起好車，回到家卻有貼心的老婆跟可愛的小孩陪伴，假日還有朋友一起出遊，這也是一種成功。」胖男有條不紊地說：「所以我們在討論成功之前，要先確定、或更精確討論成功的定義是什麼。」

面對美女可能會太緊張而失態，但面對胖男先生，阿樂可是非常冷靜。

阿樂知道不管別人問什麼，無論如何都先扯一下「定義」就是掩飾自己其實是個草包的最好話術。

而眼前這個姓黃的死胖子，就是一頭自以爲是的大草包！

「我的看法不大一樣。」阿樂舉手。

「喔？怎麼個不一樣法呢？」一個女孩眉頭輕蹙。

「成功就是成功，失敗就是失敗，完全沒有曖昧空間。」阿樂侃侃而談：「只有失敗的人，才會想辦法將自己的失敗解釋成另一種面貌的成功，比如吃虧就是佔便宜，就是這一種失敗者的自我安慰，這種安慰自己的習慣一日養成，就永遠與成功無緣，註定……」

說到這，阿樂倒是有意無意地看向胖男：「一輩子是個失敗者。」

雖然這一段擲地有聲的論述大部分是抄襲自《成功沒有祕訣》在博客來網路書店裡的書評，卻也是阿樂執行任務時的真切體會。

本來就是如此嘛，殺掉目標就是成功，沒有殺掉目標就是失敗，成功就會在門縫底下拿到蟬堡，失敗就不會拿到——根本沒有中間的灰色地帶。

「鍾先生你說得實在是太好了，沒想到你能說出這麼精闢的結論呢！」

芳琦大爲嘆服地說，還小鼓掌起來。

這一鼓掌，其他九個女孩也一起鼓掌，弄得阿樂反而難爲情起來。

胖男怏怏地跟著鼓掌，因爲不鼓掌會顯示自己沒風度。

「所謂的成功，就是實現自己的夢想，每個人的夢想都不一樣，有的人想去環遊世界，有的人想孝順父母，有的人想住在可以看到海的大房子裡，有的人想蓋醫院爲窮人義診，雖然夢想都不一樣，但實現夢想有一個共通點，就是需要很多很多的錢。」一個看起來年紀比較大一點點的女孩說：「雖然談錢很俗氣，但有錢才能夠買到實現夢想的力量，買到屬於自己的時間，這才是我們要賺很多錢的目的，你們覺得呢？」

所有女孩點頭如搗蒜。

胖男與阿樂當然樂得跟著點頭附和。

「這個世界上，只有百分之五的人是有錢人，其他都是窮人，雖然這麼說很殘酷，但那百分之九十五的人的存在，就只是爲了成就那少少的百分之五。」那個年長的女孩繼續說道：「鍾先生，黃先生，如果你今天有一個得到晉升爲那百分之五的人的機會，你想不想要？」

「機會？」阿樂不明究理：「什麼機會？」

「要，一定會即刻把握！」胖男這次倒是反應很快。

眾女給予胖男一陣愛的掌聲，這次換阿樂快快拍了兩下附和。

「其實成功的機會到處都是，但爲什麼還是只有非常少數人才能成功呢？」芳琦自問自答：「因爲人生啊，有時候往往——選擇比努力還重要。」

那一個看起來像廣末涼子的女孩相當認眞地接著說：「如果有一個賺錢，賺大錢的機會，擺在所有人的面前，也只有百分之五的人懂得選擇這一個成功的機會，這就是選擇的魔力。」

「我們很高興，鍾先生跟黃先生都是懂得即時把握成功機會的百分之五！」一個女孩說，所有人都用力鼓掌起來，用崇拜大明星的眼神看著他們倆。

現在是……？

阿樂忽然感到莫名的焦慮，那胖男也有點神色不安。

房間裡的燈光不知不覺暗下。

「爲了幫助鍾先生跟黃先生更認識這個成功的機會，成爲我們大家族的一分子，讓我們先看一段影片吧！」

芳琦將一片光碟放進電腦，投影機開始播放影片。

20

影片是關於台灣人民十大死因之首的癌症介紹，顯微鏡下怵目驚心的巨大化癌細胞，不斷飆升的恐怖數字，許多愁容滿面的病患家屬，躺在病床上插了一堆管的癌末病人。

接著當然是幾個穿著醫生白袍的學者出來說明癌症形成的主因——現代人的飲食裡充滿了大量基因改造、與嚴重受到污染的加工食品。

影片的最後五分鐘揚起了波瀾壯闊的交響樂，主角在氣勢非凡的配樂下登場，一群快樂的農夫唱著歌，在明亮的溫室裡栽種著許許多多的有機食品，有機蘿蔔、有機白菜、有機青椒、有機馬鈴薯、有機空心菜、有機絲瓜、有機小黃瓜、有機香蕉、有機玉米、有機地瓜葉、有機蘋果、有機芥菜……

一個穿著白袍、自稱醫學博士的中年男子走到一堆有機蔬果前，拿起一顆有機大蘋果，另一手豎起大拇指擔保，只要將每天的飲食內容通通改成有機蔬果，就可以得到永續保值的健康，更重要的是……

房間的燈光亮起。

「更重要的是，還可以幫助到許多辛苦種植有機蔬果的農民！」

芳琦語帶哽咽地說：「你知道嗎，過去我們過度使用農藥與基因改造的種子，台灣的耕地已經嚴重受到污染了，我們的團隊好不容易找到願意跟我們一起努力的農民，不僅改善栽種方法，種植出對人體有幫助的無毒蔬果，我們還以合理的價格向農民收購，防止農民遭到中盤商無情剝削，讓農民得到合理的報償！」

一個早就哭花了臉的女孩接著說：「透過有機蔬果的推廣，我們不僅吃得健康，土地也能永續耕作，這才是我們對土地的一份責任，一份，愛！」

「好啊，那我……」阿樂有點迷惘，說：「跟妳們買有機蔬菜好了。」

「我也買一些好了。」胖男毫不猶豫跟進。

買有機蔬果？

當然要買。只是……

「只是我們不能夠那麼自私，這麼好的產品當然要推廣給更多的人知道，尤其世面上充斥很多假的有機食品，吃了不僅對健康有害，還進一步侵蝕到農民對有機栽植的意願，劣幣驅逐良幣，導致好不容易才發展起來的有機蔬菜事業迅速被假貨打壓……」芳琦痛心疾首地說：「爲了台灣人的健康！我們不能夠只求自己好！我們一定要想辦法讓全台灣的人都吃到我們公司的有機蔬菜！」

在阿樂與胖男目瞪口呆中，重點終於來了。

原來這是一間直銷公司……雖然芳琦一直強調這不是直銷、更不是老鼠會，而是多層次傳銷公司，但它就是一間不折不扣的直銷公司。

這間直銷公司以宅配的方式銷售有機蔬菜給客戶，有月訂、季訂，跟年訂，每一次宅配一大箱，價格很貴，但貴得相當有人情義理，畢竟爲全台灣人民的健康辛苦犧牲奉獻的農民不能被剝削嘛！

自然的，這十個女孩希望阿樂與胖男不僅購買一大箱有機蔬果回家，還得加入會員，多多推銷公司的產品給潛在的客戶，也就是你的親朋好友。

當然了加入會員好處多多，除了自己平常要吃的有機蔬菜可以打折外，如果招攬其他的人加入會員成爲下線，以後還可以抽取下線一定比例的銷售佣金，如果所有的下線都努力吸收更多的下線進來，而那些下線的下線也都非常勤奮地吸收更多下線的下線進來，大家一鼓作氣訂購一大堆有機蔬果回家啃，那麼，再加上那些下線的下線的下線的下線……

「那麼，月薪百萬絕對不是夢喔！」一個女孩大聲說。

「月薪百萬只是一開始！我們年輕人，不要怕做夢！」又一個女孩大聲說。

「錢不是重點，但只要賺到了大錢，就可以實現很多夢想！」女孩朗聲。

「說出來會被嘲笑的夢想，才有實踐的價值！」芳琦豎起熱血的大拇指。

「做不到的話，不是你做不到，而是你選擇你做不到！」一個女孩中氣十足。

「重點是，全台灣人的健康不能被犧牲！」不曉得哪個女孩大聲說。

十個女孩妳一言我一語，充滿香水與激勵的話語團團圍繞這兩個男子。

阿樂突然感到心慌。

這種異樣的感覺是怎麼回事？

感覺自己很被重視，感覺自己責任重大，卻又感覺自己的腦袋開始不清楚了。

「這個……不大可能啊，因為我平常已經有工作了。」胖男有些侷促地說：「恐怕沒有時間加入妳們，去賣這個有機蔬果……」

頭一次覺得你說得眞好啊！

阿樂正要搭腔拒絕時，坐在胖男旁邊的年輕女孩很嚴肅地說：「黃先生，我們要跟你分享一個觀念，那就是——工作並不是事業喔！」

一個女孩開口，瞬間就是集體轟炸。

「當員工都只是在替別人賺錢，你眞的甘心為別人賣命一輩子嗎？」

「要成功，就要自己當自己的老闆！當自己時間的主人！」

「天啊這麼好的機會你竟然不要！眞的很難以置信耶！」

「黃先生我看你滿帥的，談吐也不凡，剛剛還以為你跟別人不一樣呢。」

「想成功就不能跟其他百分之九十五的人做一樣的事喔！」

「剛剛不是說過，有成功的機會擺在眼前，你一定要立刻把握嗎！」

「黃先生我覺得我們既然朝成功的路上邁進，在思考上就要有大格局！」

啊？

阿樂的腦袋好像被用力震了一下。

仔細想一想，自己做的的確不是事業，比如曉茹姊、老雷諾、陳老師、韓吉哥那種的才叫做事業吧，當經紀人，底下有幾個稱頭的殺手幫忙做事。

他們不用冒險殺人，只需要在家裡打電話跟數鈔票就好了，那才叫做事業。

而自己拋頭顱灑熱血替數鈔票的人賣命，只能稱作打工。

……怎麼以前從沒想過這件事呢？

遭到全面否定的胖男，狼狽地說：「但是……我平常的工作很忙，實在……實在是沒有辦法再兼職，今天的讀書會可是我特地請假才……」

「眞沒想到，有人會眼睜睜看著成功的機會溜走。」一個女孩嘆氣。

「這已經不是運氣的問題了，而是你自己做出錯誤的判斷。」又一女孩搖頭。

「我們替你感到痛心！黃先生，你實在是很古板！」再一女孩越說越氣。

「有錢人跟窮人想的不一樣，你一直用窮人的思維過日子只會繼續當一個窮人！而且還是一個浪費成功機會的窮人！」長得像廣末涼子的女孩翻白眼。

「如果不想成功就算了，但是！」

芳琦聲色俱厲看著胖男，一字一句地說：「這不只是你一個人要不要成功的事，也無關我們公司的營運，而是台灣人的健康問題！黃先生，你今天買了一大箱有機蔬果回家吃，請問吃不到的人怎麼辦？他們不像你那麼幸運，可以有機會成功，又有機會吃到那麼好的產品！」

胖男一時語塞。

芳琦立即轉過頭看著阿樂，問：「這個社會幫助你這麼久，鍾先生你回饋過社會嗎？」

回饋……沒有，我甚至還常常殺人！

阿樂也說不出話來，只能支支吾吾：「偶爾我會捐……捐發票？」

「如果鍾先生你以後成功了，捐的就不只是發票，你可以捐很多很多的錢給需要幫助的人，回饋社會。只要加入我們公司，不只可以幫助原產地的農夫，還可以讓全台灣的人吃得更健康，是不是很有意義！」

「台灣人的健康！不能被犧牲！」像廣末涼子的小姐居然哭了。

「不能被犧牲！」十個小姐一起激動起來。

阿樂握拳。

「你覺得我們做的事沒有意義嗎？」這位說話懇切的女孩竟流下了眼淚。

阿樂猛搖頭。

「你覺得我們像在騙你們嗎？」坐在阿樂旁邊的美女委屈地說。

阿樂加倍用力搖頭。

「鍾先生，你願意爲了全台灣人民吃得健康，盡一份心力嗎？」芳琦擦淚。

唉，怎麼不願意？

我都願意爲了打發無聊的時間接單，走到酒吧旁邊的巷子把一個正在尿尿的酒醉混混一槍斃了，怎麼不願意爲了全台灣人的健康犧牲奉獻呢？

「我，願意。」

阿樂熱血上湧，忽然覺得自己變成了偉人。

此時十個女孩一起站起來鼓掌，大叫：

「歡迎鍾家樂先生加入我們的大家庭！」

21

啊?這樣就加入了?

不是買更多一點的有機蔬果而已嗎?

阿樂有點嚇到，但掌聲不停，尖叫聲不停，充滿認同感的喝采以光速鑽進了他的耳朵裡，阿樂只得站起來接受掌聲，向每個漂亮的女孩子揮手致意，感覺像選上了總統。

「只要加入我們公司的大家庭，獲得的是比金錢更重要的東西，那就是人與人之間的相互扶持，還有信賴喔!歡迎你鍾先生!」

「對呀!一口氣家人就多了很多很多人呢，感覺很溫暖呢!」

「以後大家就是自己人了，不可以有祕密喔!」

「我們都會很努力幫鍾先生開發下線的，幫助鍾先生早日月入百萬喔!」

「有困難，大家一起解決。有心事，大家一起分享!」

「我們公司沒有底薪，因爲底薪基本上就是一個讓人懈怠的制度，我們相信，成功是要靠自己爭取來的，但鍾先生，你放心，我們都會幫你!」

「我們都會幫你!」十個美女異口同聲地說。

哇，大家都會無私地幫我，還個個都是美女……這裡是哪裡?是天堂嗎?

一直缺乏正常社交的阿樂感到一陣天旋地轉的鼻酸。

而瞬間被所有人冷落的胖男，雖然還坐在椅子上，卻好像變成了空氣。

不，是廢氣。

緊接著的是劈哩啪啦的制度說明。

加入這間有機蔬果的直銷公司，入會費只要兩千塊錢，算是青銅級普通會員。

但十位小姐說，只要立刻購買兩萬塊錢的產品就可以直升白銀小組長，如果一口氣刷卡購買十二萬的有機蔬果，就可以扶搖直上成爲黃金幹部呢！

那種瞬間越級的感覺，等同是一出生就直接變成人人稱羨的黃金聖鬥士呢！

「十二萬？好多啊！」阿樂對金額感到吃驚。

十二萬，其實一點也不多。

因爲……

「如果鍾先生你現場直接刷十二萬，我們還會送你兩瓶靈芝膠囊，這當然也是全程有機栽培的喔，每一顆都是濃縮再濃縮的靈芝精華，一整瓶在市面上的標價是一萬八千塊錢喔！第一瓶藍色包裝的每天早上起床立刻吃一顆，可以養一整天的氣，第二瓶綠色的睡前吃一顆，可以幫助熟睡，幫助肝臟排毒，幫助加速新陳代謝……」

「可是……」阿樂面有難色。

「當然不只送你靈芝膠囊而已囉，因爲你是第一次面談就加入，依照公司規定還會送你高級香精油空氣淨化組一套，這套香精油在市面上也要接近一萬兩千塊錢一組，而且香精油成分的薰衣草可不是普通的薰衣草，而是……」

「而是有機的薰衣草？」

「對！那些薰衣草也是有機栽培的，過程全部都有經過ISO認證，這一套香精油空氣淨化組是專爲忙碌的現代人量身打造，完全不用做任何事，只需要放在旁邊，按一下開關，就可以達到淨化空氣，幫助人體肺臟加速排出二氧化碳、增進肺活量的目的。」

「可是……」阿樂有苦難言。

「好的，鍾先生，其實我覺得我們很有緣分，我等一下打電話給我們上面的藍鑽經理向他拜託，請他額外贈送你來自西藏的活佛仁波切加持過的能量石手環。」芳琦笑咪咪舉起手：「你看，是不是很漂亮呢？男女都很合適喔！」

「可是……」阿樂看似有難言之隱。

「你看！表面上這是一塊非常普通的石頭，實際上卻蘊藏著非常豐沛的能量，它所發出的磁場可以幫助血液循環，還可以清除血液裡有害的毒素與重金屬，你看，我們每個人的手上都有一條呢！」

九個女孩子一齊舉手，手上果然都戴著一條充滿巨大能量的能量石手環。

「可是，我沒有信用卡啊。」阿樂終於說出來了。

「沒有信用卡？」十個小姐訝異地看著阿樂，說：「不可能吧！」

「我的職業不大可能通過信用卡的審核。」阿樂老實地說。

「你的工作是……」芳琦的臉色不大好看。

「大體解說人。」阿樂迅速回答，表情非常篤定。

爲了回答這個古怪的職業，阿樂可是準備了三個關於屍體很好笑的笑話喔！

一旦把笑話講出來，大家哈哈大笑，這個聽起來很古怪的職業一定可以爲自己加很多分！

「那鍾先生你有在銀行開戶吧？」

可惜的是，芳琦似乎沒有很想了解大體解說人是在做什麼的。

「這倒是有。」阿樂抖擻，準備說出關於屍體的笑話：「其實我的工作……」

「那你有帶身分證、駕照，或健保卡嗎？」

「嗯，有是有……」

「沒關係！我們現場有信用卡馬上辦馬上好的服務！」

芳琦一聲令下，現場立刻出現銀行的信用卡業務承辦人員，在最短的時間內影印好身分證與健保卡，再幫阿樂塡好一堆身分資料，馬上核定出一張兩萬塊錢的低額度信用卡。

區區兩萬塊刷爆，當然不能擁有神奇的靈芝膠囊、超划算的香精油空氣淨化組，以及充滿磁場的仁波切加持過的能量石。但沒關係，這些貼心的女孩子當然會緊急爲阿樂想出解決方案。

於是阿樂馬上又簽了好幾頁的資料，讓這個溫暖又親切的大家庭每個月在它的銀行帳戶裡扣款，每次扣兩萬塊，一共扣五次，整個加起來也是十二萬，一毛不少。

「鍾先生！我們真的很替你高興！」芳琦擁抱著阿樂。

每一個女孩子都輪流與阿樂愛的抱抱，抱得阿樂全身上下都硬了起來。

至於那一個早就變成一團廢氣的胖男，持續無人搭理，只能神色複雜地坐在椅子上看直銷公司的產品簡章，還假裝看得津津有味。

瞥見那個胖男裝模作樣的落寞，阿樂真心覺得剛剛那十二萬塊錢花得很值得。

接下來，這十個女孩子以要去洽談業務拚事業爲由，同一時間告別。

「那……我們什麼時候還會見面？」阿樂面紅耳赤，很努力才擠出這個問號。

「是的鍾先生！今後還請多多指教！」芳琦笑得很燦爛，又送了一個抱。

好美的一個答非所問。

這時連抱了一箱有機蔬果的胖男也走了。

全公司留下阿樂一個人，還有一個中年女子講師。

這姿色普普的講師有著驚人好口才，滔滔不絕爲阿樂整整上了兩個小時的產品解說課、以及公司的創立精神等等。

講課內容說好聽是虛無縹緲，講實際點就是漂亮的空洞，總之只要記住「排毒」、「有機」、「天然」、「養生」、「能量」、「改善體質」、「新陳代謝」、「免疫系統」等名詞，加以排列組合成各式各樣的句子，大抵完成了初期的員工訓練。

臨走之前，這個講師還好心提醒昏昏欲睡的阿樂，她諄諄告誡：「還有鍾先生，我們要先提醒你喔，因爲你才剛剛加入我們的公司，所以還不是那麼清楚我們的商品跟公司的經營模式，所以你這一個禮拜以內都先不要跟你的親朋好友說你加入我們的公司喔！不然你一說的話，很可能他們就會開始說你被騙了，對你洗腦說我們公司的產品有問題等等，唉，其實也不能怪你的親戚朋友啦，畢竟市面上眞的有很多騙人的直銷公司把市場弄得烏煙瘴氣，我們這麼優質的公司也被拖累了，眞的是……」

了解，完全了解。

「還有啊，鍾先生，你覺得你的口才有我們公司的講師好嗎？」

「沒，差得遠。」

「那就對了，就算過了一個禮拜你也不要跟你的朋友說你加入的是什麼公司，如果你想拉你的朋友當下線，就直接帶他到我們公司，記得喔，不要跟他說我們的說明會是什麼，就說是讀書會或一個神祕的聚會都好，就是不要提到直銷兩個字，剛剛說過了我們一直都被誤會……」

「明白。」

「你的朋友來這裡之後，我們這邊有專業的講師爲他講解公司的產品與制度。鍾先生，你加入我們公司，你就是我們的老闆，講師我就是你的員工，你只要負責經營事業，其他的就交給我們公司來爲你服務就可以了！」

「這眞是太棒了！」

阿樂完全了解這是一間多麼優質的公司，也很慶幸自己可以加入這個大家庭。

最後按規定，阿樂在小小的房間裡大聲爲自己喝采了二十次。

「我一定可以成功！我一定可以成功！我一定……」

22

終於，阿樂神采奕奕地離開了這一場完全沒有把書打開的讀書會。

一回家，阿樂馬上戴起超級能量石手環，將香精油空氣淨化組放在電視機旁邊打開，然後整天都在吃有機蔬果，即使以前沒有下廚的經驗，爲了健康簡單烹煮一下也很有樂趣。

小心翼翼追求健康讓阿樂的生活出現了重心，才剛剛吃了一顆有機大番茄跟一條有機大香蕉，他就覺得自己肺活量好像變大了，大便好像比較不臭，皮膚好像比較有光澤，眼睛也比較不乾澀了。

「這些年爲了殺更多的人，我倒是沒懈怠訓練自己的體能，卻偏偏忘了照顧最根本的飲食，每天都外食，一定累積了很多亂七八糟的毒素，唉，實在是本末倒置了，幸好現在還來得及……」

小廚房裡，阿樂亂炒著有機蔬菜，自言自語地感嘆。

有時候一想到那些農民笑呵呵地種菜的樣子，就覺得自己頗有社會貢獻。

「殺了那麼多人，也是時候回饋一下社會了。」阿樂啃著清脆的有機大黃瓜。

又過了一個禮拜。

阿樂終於鼓起勇氣打了好幾通電話給那一個用緣分進化成國小同學、緊接著又突變成家人的芳琦，想約她去看電影、吃飯、打羽毛球、喝下午茶。

管他做什麼都好，就是想再見見她。

一開始芳琦還會接電話，但每次劈頭都問阿樂：「鍾先生，你那邊有親朋好友想加入我們的大家庭嗎？」

每次阿樂都很老實地說：「沒有，其實我呢……朋友不多。」

「鍾先生，在你眼前的可是萬中選一的成功機會，你要懂得把握啊！」

「好好……我再仔細想想。」

漸漸的，芳琦開始用很倉促的語氣說自己正在跟客戶解說產品沒空，讓只想約會不想認眞成功的阿樂感到很歉疚。但多打了幾通後不是被掛掉，就是直接進語音信箱。

阿樂考慮回公司直接找芳琦聊天，卻下不了決心。

如果芳琦一直說忙，自己卻衝去公司堵她，好像很沒格調？好像不相信她？

況且所謂的體貼，不就應該包含了「等待」嗎？

「沒關係，就等妳比較不忙的時候吧。」

阿樂躺在浴缸裡，笑吟吟地啃著有機大蘋果：「到時候我不只要愛的手拉手，還要愛的抱抱喔！嘻嘻，哈哈！」

又過了幾天。

過了非常健康的幾天。

阿樂一大早睡醒，一睜眼，一下床，看著滿屋子一箱又一箱的有機蔬果。

腦子忽然前所未有地清楚了起來，好像全世界都發了光。

有機蔬果不愧是有機蔬果，吃了這麼多天，總算徹底排出阿樂腦中的毒素。

完全不必別人說明，阿樂便在刷牙的過程中明白自己絕對是被騙了。

「……」阿樂看著鏡中的自己苦笑。

美人計啊？

自己竟然會被這麼俗套的伎倆給誘惑，顯然這陣子眞的是太寂寞了。

罷了。

那幾天心中有了熱烈的期待，還被拉拉手，還被愛的抱抱，感覺很不錯。

十二萬？

看樣子是絕對退不回來了，就算可以退，自己也拉不下臉據理力爭。

「就當作買一個沒有溫暖也沒有愛的大家庭吧哈哈，反正有機蔬果也眞的很健康嘛，不被騙的話，還眞的吃不到那麼營養的東西呢，哈哈哈哈……」

阿樂乾笑，將嘴裡的泡沫唏哩呼嚕吐了個乾淨。

被騙是一回事。

發現被騙又是另一回事。

但只有承認被騙才是眞正被騙了。

不承認的話，就是眞心支持有機蔬果、眞心挺有機蔬果的果農、眞心認同成功就是拉下線賺大錢、眞心覺得以上通通都是好的——唯有自己不適合那一套爲成功者量身打造的機制。

阿樂理所當然跟所有被騙的人一樣，毫無猶豫選了比較舒服的後者——否定自己，而非否定那一套「人脈成功學」。

有人說，加入直銷公司是讓你用短時間失去最多朋友的方式。

但阿樂倒是沒什麼損失，因爲他實在沒什麼多餘的朋友可以失去。

倒是四個與阿樂熟絡的經紀人，那幾天都收到了阿樂請客的好幾箱有機蔬果。

23

上次錯過了殺死火輪胎，無妨。

扳回的大好機會很快便來了。

「準備好了嗎？這次的單非同小可。」來自老雷諾的電話。

「正合我意。」阿樂啃著有機白蘿蔔，喀。

雖說職業不分貴賤，但殺人這一古老的行業，畢竟很特殊。

再怎麼合理化「拿錢辦事」這四個字，殺人就是跟殺豬不一樣，在奪取一個與你相同面貌、使用共同語言的同類的性命時，心中的某一種東西，便漸漸變得跟你的同類不大一樣。

殺久了，與危險親近久了，血腥味都沾附在鼻腔深處。揮之不去。

許多人都想退出，或淡出，金盆洗手當一個更普通的人。

爲什麼？

難道是倦膩了殺人的感覺？忽然之間覺得自己罪孽深重？

不。恰恰相反。

比起覺得自己滿手血腥的罪孽深重，更可怕的是——愛上這種感覺。

殺人上癮。

一個收錢殺死同類的人，稱為殺手。

但如果不收錢同樣也想結束同類性命的人，是中毒成癮的殺人犯。

站在太過擁擠的捷運人潮中，便有衝動想殺出一條血路。

走在靜巷裡聽見後方單調的腳步聲，便不安地想回頭扣下扳機。

在電影院的洗手間與旁邊一起尿尿的男生一看不對眼，便莫名想殺了對方。

在餐館舉手要菜單無人回應超過三十秒，便想殺了姍姍來遲的服務生。

在高速公路上遭警察攔下開罰單，便想用手上的原子筆釘在對方的喉尖上。

這是殺手的墮落。

殺手為了避免成為可恥的殺人犯，制定了只有自己能夠理解的種種法則。

與其說那些法則或教條是一種長久下來的道德規範，更接近其內在本質的，恐怕是不想令自己陷入精神崩毀的防護罩。

絕大多數的專業殺手，都想趁自己突變成殺人犯之前，退出這一個小圈圈。

每週五晚上去打保齡球、成家生子、養條拉不拉多、蒐集郵票、到特力屋買木片自己鋪地板、在自家巷口開間便利商店……做一些「普通人」都會做的事。

但當然有人做不到，不管怎麼催眠自己就是無法退化成「普通人」。

有一個非常資深的老殺手，不斷完成制約，不斷退出。

……又不斷回到老圈子再接再厲殺人。

連續七次。

戒不掉的殺人癮，日夜侵蝕著他的靈魂。

W。

「W他自己下了一個單，一共給十一個曾經跟他合作過的經紀人，買他一個死，免得他總有一天會像火輪胎那樣失控。」

經常合作愉快的經紀人老雷諾，在電話裡繼續補充：「沒有時間地點，因爲他承受不了預先知道死期的壓力，但方法也不限定，不必特意給他一個簡單痛快。」

「他會反擊？」阿樂咀嚼著。

「一定。」

「所以我們得靠眞本事殺了W。」

「沒錯。」

坐在浴缸裡，阿樂沉思了片刻，慢慢說道：「總覺得他不只是想死。」

「十之八九，W想在死前享受一下跟幾個小輩最後的對決高潮吧……」與W合作多年的老雷諾語重心長地說：「以殺手的身分。」

一打十一個，絕不是自負，而是誠心誠意想死。

感覺有點悲哀，畢竟W在業界一向有好名聲，殺人的手法專業俐落，沒有多餘無聊的風格，不惹麻煩，雖然沒創造過什麼太傳奇的事蹟，但絕對是一個令人尊敬的老前輩。

終於有退休善終的機會，還連續七次，卻無法擺脫這個殺戮迴圈。

最後W對自己下了這一張單，充滿了即將蛻變成殺人變態的隱喻。

顯然W心知肚明，如果這次眾家殺手解決不了他，他便要誠心誠意放棄自我約束，成爲下一個到處闖禍的殺人魔。

十一，不是個小數目。

爲了送W一程，幾乎每一個阿樂接觸過的經紀人都派了旗下的殺手接單。

有的殺手擅長遠處狙擊。

有的殺手精於策略布局。

有的殺手喜歡欣賞炸藥在城市地平線化成熱烈煙火的景觀。

有的殺手通曉捕捉運氣之術。

有的殺手不怕死到驚世駭俗的程度。

有的殺手僞裝技術之高超令人讚嘆。

有的殺手對近身肉搏極有信心。

有的殺手手中的飛刀比子彈還快。

更有些殺手永遠都不讓人知道他們到底擅長什麼。

也有的殺手別的不會——擁有的只是「最強」兩字。

「G嗎？」

阿樂一想到這裡，就有一點點開心。

因為他正看著網路上的當期樂透號碼。

數字的排列組合正告訴阿樂，這一次他擁有價值五百六十一萬的運氣。

這可是破天荒的強運。

G或許真的是當今最強的殺手，這一點完全無礙阿樂的自尊。

但如果職業生涯裡有一次能夠超越G，那倒是非常值得懷念的紀錄。

「……五百六十一萬啊，從來都沒有捕捉過這麼飽滿的運氣！」

阿樂滿懷自信地投入這一場十一打一的不公平戰爭。

24

七個鬼子各自運作屬於他們的追獵技術，用最快的速度封鎖整座海島。
在沒有鬼子的奧援下，W果然盡情享受了人生中最後的火花。
W幾乎與每一個殺手都短暫交手了。
阿樂與W在台中七期的酒店區，你追我跑，斷斷續續用子彈交談了一個小時。
警方照例姍姍來遲，抵達現場的時候只剩下在柏油路上用粉筆作畫的工作。
這些戴帽子的沒有撿到任何一具屍體，倒撿了七十四顆沒有血跡反應的子彈。

兩天後。
阿樂與W在彰化後火車站錯綜複雜的廢棄暗巷裡，繼續前天未完的深談。
出於前晚累積下的奇異默契，兩人不約而同決定換一種方式心靈交流。
都不說話，仔細聆聽著對方的腳步聲。
注意地上與牆上忽然增長的黑影。
感受空氣中殘留的腎上腺素分泌的氣味。
彼此接近，在聽見對方心跳聲的前一刻停下腳步。

阿樂將消音器慢慢旋上槍口。

也等著W慢條斯理將消音器給裝上。

今晚，他們都不想被打擾。

「……」阿樂閉上眼睛，以適當的力道握住頸上的項鍊。

「……」巷尾的W似乎也準備好了。

巷首，巷底。

六根燈柱的距離，第四根忽明忽滅。

時間以特殊的姿勢、只能意會的單位，在兩人平穩的心跳聲中爬梭而過。

或許一個小時過去了。

或許沒有。

不是僵持，也不是對峙，更非劍拔弩張。

兩個殺手只是全神全靈地等待。

等待著某種訊號。某種跡象。某種宣示。

一陣風吹起了地上的淡紅色傳單。

天上無月。

今晚無神。

兩顆子彈同時貫穿了傳單上一長串的電話號碼。

路燈被一一擊碎。

死神以毫釐之差呼嘯著。

子彈通過消音器後發出的獨特咻咻聲，掠過彼此的耳際。

阿樂一邊開槍，一邊感覺到來自W指尖的興奮。

這是不言而喻的友情，以亟欲奪取對方性命的神態快速加溫著。

未曾謀面永遠都不是友情的重點。

對一個想死的前輩，很好，就讓他死。

讓他死在今晚，那就是殺手的情誼。

漸漸的，彈匣換了兩輪。

阿樂用止血帶綁住了右手上臂，猜想子彈或許也擊中了W的某處。

終於阿樂感覺到了異狀。

到底，爲什麼W要自己下單殺了自己呢？

原以爲W爲了不想變成一個殺人成癮的變態，所以一心尋死。

眞正交手了第二次，卻又不像那麼一回事。

阿樂從W削過燈柱的每一顆子彈裡，看見瞬間放大的飛濺火花。

W很炙熱地活著，散發出朝氣蓬勃的氣息，像個昨夜剛學會用槍的小伙子。

那種拚命戰鬥的生命力強大到……死在今晚的人未必是W。

還未聽到警笛聲，廝殺卻提前結束了。

結束的理由，並非有人得償所願。

「我沒子彈了。」

W遠遠地說，慢慢走出黑暗。

右手按著左肩，鮮血似乎從指縫中滲了出來。

沒有懸念，W等待著最後一顆貫穿他心口的子彈。

遊戲結束了。

沒有路燈，看不清楚他的面貌，連地上的影子都很模糊。

阿樂感覺到一股難以言喻的寂寞。

這股寂寞從W的身上散發出來，卻冷冽地侵蝕著阿樂。

「我也是。」

阿樂承認，持著槍走出黑暗。

「我走了。」

W的語氣，聽起來完全沒有溫度。

聽起來，像是人生裡只剩下這一句對白。

「你走吧。」

阿樂也只能這麼說。

聽起來，就像在目送全世界唯一的朋友離去。

兩個人都知道，都明白。

下次備齊子彈的時候，就是結束這一段寂寞友情的時候。

但沒有。

一個禮拜後，W死了。

死在與Mr. NeverDie的瘋狂對決中。

據說那天陽光燦爛。

25

阿樂開始憂鬱。

他一直回想起那天晚上W的炙熱，與寂寞。

慢慢泡在偌大的浴缸裡，多泡幾次，阿樂開始懂了。

或許W是害怕成爲火輪胎那樣的變態。就跟傳聞聽到的差不多。

但爲什麼W要害怕在未來的某一天，自己會跟火輪胎一樣呢？

答案就在W從黑暗裡走出來的那一刻，全都揭曉了。

沒有子彈了，遊戲終結了，熱情也就消逝了。

不拿性命當籌碼互相射殺，其餘的所有一切都變得很無趣，是吧？

不殺人的時候，火輪胎在做什麼呢？

不殺人的時候，W在做什麼呢？

都在發呆嗎？

有人可以聊天嗎？

有人積極參加各式各樣的聯誼嗎？

有人寂寞到參加直銷公司的說明會、用鈔票換取陌生人的擁抱嗎？
抑或是，日復一日，重複著等待殺人的日子。

火輪胎跟W都太寂寞了，除了殺人，人生什麼都不剩。
除了變成瘋子，就是因過於寂寞而枯萎。再沒有第三個選項了。
想一想，說不定那一天遇到的小仙，也是因爲太過寂寞變得有些瘋瘋的？

阿樂想到師父。
師父有三個男朋友，一個在日本，一個在香港，一個在泰國。
那三段平行又混亂的感情，是師父不殺人時的人生。
不全然愉快，但也是愛恨交織，高潮迭起。

據說那未曾謀面的師兄很喜歡花。
他一定花了很多時間在種花、照顧花、研究花。
說不定也有一個女生跟師兄一起種花、照顧花、研究花。

大名鼎鼎的G，眾所皆知他喜歡正妹。
不殺人的時候，他肯定流連在有很多正妹的地方，做一些下流的事。

他聽過有一個喜歡在目標身上刺青的女殺手。
雖然她的舉止很變態，但肯定她不殺人的時候也很熱衷刺青。
聽聞Mr. NeverDie不發瘋的時候也很瘋，很愛賴在被打死的目標家裡生活。
躺死者的床，用死者的電腦上網，坐在死者的馬桶上大便。

大家都有自己的興趣，都有得忙。
都有一個即使不殺人也很好的普通世界。

看看自己，看看在浴缸裡泡得發皺的十根手指頭。
看看擺在廚房角落，那兩大箱彷彿永遠也吃不完的有機蔬果。
這算什麼？
如果過去的自己什麼也沒做就算了，畢竟不努力也沒報酬是很合理的事，這結論反而教人安心。
問題是，自己一直很努力地尋找跟這個世界的其他連結點。
買了很多很多本交友心理書，認眞打扮自己的外表，參加過大大小小的聯誼會，參加掛羊頭賣狗肉的讀書會，勇於踏出艱難的第一步……第二步……

好幾步……最後甚至開始狂奔！

一想到這裡，就覺得很害怕。

自己竟然那麼努力，那麼勤勞，卻還是尋找不到「接單殺人」圈圈外的世界。

最常跟自己講話的，是關照自己生意的四個經紀人。

除了這四個人，最佳說話第五人便是樓下賣宵夜擔擔麵的老闆。

不過那老闆姓什麼、家裡有沒有兄弟姊妹阿樂也不知道，也沒想過他應該要知道。可阿樂卻很清楚加一顆滷蛋跟切一盤豆干海帶要多少錢，以及坐在店裡哪個最佳位置可以一邊吃麵一邊看電視。無關緊要的廢物資訊。

不殺人的日子，該做什麼打發時間呢？

以前會去練槍，練體能，但那些事畢竟還黏著在殺人的世界裡。

好吧，現在多了一個狂吃有機蔬果的興趣？

「我這麼健康做啥？我到底是爲了誰健康啊？」阿樂看著架在浴缸底的腳趾。

眞要說的話，阿樂實在好想談個戀愛。

一個不需要花十二萬塊錢買一個愛的抱抱的眞正戀愛。

如果再交不到女朋友，他就只有充滿寂寞的殺手這一個單一世界，沒有足以平衡寂寞的另一個溫暖世界了。

寂寞的人，怕的不是寂寞。

而是不知不覺習慣了孤獨。

過幾年，他會慢慢忘記他需要交一個女朋友。

再過幾年，床底下的蟑堡就會厚得像一本字典。

再過得了幾年，如果沒有被殺死，他會成爲一個殺手傳奇。

然後很寂寞。

寂寞到覺得接單太簡單的話也很無趣，只是殺人再也不夠了。

如果不找個可以刺激自己神經的危險對手互相開槍的話，做什麼都提不起勁？

最後他會到處亂殺人，引來同業高手與自己小玩幾回。

還是，最後他會自己卜單買自己一個死，冠冕堂皇地與「尚未成爲現在的自己的……過去的自己」熱烈對決，藉著「過去的自己」散發出來的熱力，點燃「現在寂寞的自己」想要活下去的決心。

最後，用子彈在夜裡默默交談。

阿樂沒有哭，他不是那種假文青個性。

可他覺得無限悲哀。

「到底誰來救救我啊……我會是一個好男友的，眞的。」

窮途末路了嗎？

堆著滿臉的泡沫，阿樂在浴缸慢慢沉了下去。

26

情況比阿樂想像的還糟。

遲遲沒有找到女朋友，現在，連唯一拿手的殺人專業都落了空。

阿樂連續在強大運氣的庇佑下失手了兩次，消息已在經紀人圈子裡傳了開來。

「怎麼了，需要去度個長假嗎？」曉茹姊關心地說。

「不用，我每天都像在度假。」阿樂一邊翻著言情小說，一邊劃重點。

「我可以幫你訂機票訂酒店，看是到拉斯維加斯玩個撲克，還是到峇里島曬個太陽？都好，都可以安排，這幾年那麼累，你也應該好好放鬆一下了。」

「我很放鬆。」阿樂一邊劃線。

第一個開口的曉茹姊算是客氣的了。

偶爾會下單的陳老師，很快便打電話來說教。

「要不要認真討論一下，你身手退化這件事？」陳老師語重心長。

「退化？」阿樂不以爲然。

「每一個行業都會發生技能退化，這一點都不可恥，但你自己不能逃避，要正面思考，只有面對問題才能解決問題。」

「這個……我並不覺得有任何問題。」阿樂看著手中的《男子漢食譜》。會做菜的男人更有魅力，書中第一頁這麼說。

「你看，你又在逃避了。」

陳老師竟然用痛心疾首的語氣接著說：「一葉知秋，你做這一行也快九年了，許多老手都只是接單做事，不做事的時候已懶得磨練技術，但你的問題是技術層面有所欠缺呢，還是心理上出了毛病，只有你自己正視問題的根源，痛定思痛，才能夠釐清你需要加強的部分。」

「我想我們沒有共識。」阿樂只覺得煩。

「總之，我永遠都在，需要幫忙的時候儘管說一聲。」陳老師最後不忘祝福：「祝你早日東山再起！」

阿樂火大地將手機扔在床上。

還東山再起咧，眞是包裝完美的落井下石。

有人關心，有人說教。

也有人打電話來亂。

「人總有失手的嘛！倒是說眞的，要不要我幫你介紹女朋友調劑一下？」

韓吉哥在電話裡滔滔不絕地說：「我旗下有一個女殺手，人長得挺甜美，年紀多少我不好意思問，但目測不超過二十八，聲音很有氣質，說不定你們一起執行任務一邊約會，還滿詩情畫意的喔！」

「……她叫什麼？」

「叫小仙。」

「韓吉哥，我到底惹過你什麼？」

這些電話弄得阿樂心煩意亂的。

搞什麼啊？

難道區區兩次的失手就讓你們這麼沒信心嗎？

不等第四個經紀人打電話來，阿樂先按下對方的號碼。

「嗨，最近有沒有單？」阿樂劈頭就問老雷諾。

「我看看……有一個要爭遺產的雇主，她想殺掉躺在醫院等死的老奶奶，這單滿輕鬆的，只要走過去拔掉維生器的插頭就可以了，所以報酬也很少。要嗎？晚點我寄資料給你。」

「嗯……有沒有難很多的單？」

「難很多的啊？有是有，但我都下給了別人。」

老雷諾打開話匣子，便直接切入主題：「因為現在的你恐怕不能勝任，我想你也了解我的立場，我不能故意派我的人去死，會壞了我的招牌。」

又是那件事！

「第一次也就算了，怪我的腳慢，但第二次足足有十一個殺手圍剿W啊！」阿樂早就想好了辯駁的說詞：「那十個失敗者裡面，甚至還有G！G啊！」

「第一次也許可以怪到鬼子情報慢了別人一步，但第二次失手……那十一個殺手裡，只有你跟W有正面對決過……兩次！」老雷諾倒是不大客氣地指出：「所以你不是遇不到，而是確確實實殺死不了目標。」

「我的子彈用光了。」阿樂沉住氣。

「Mr. NeverDie殺死W的時候，手上甚至沒有槍呢！」老雷諾一針見血。

無話可說了，阿樂快快地接受了老雷諾對自己的批判。

與W對決那兩個晚上，阿樂的確有別的選擇。

他可以迂迴衝鋒，一邊閃避槍火一邊尋找更好的機會。

很要命，但更好的機會就是交換來的——更近的距離，更理想的角度。

阿樂沒有這麼做，有選擇餘地的時候他總是偏向保守。

就保守這點而言他做得很專業，沒有必要爲了任務喪命，完全正確。

可他的確辜負了價值五百萬運氣的庇佑，沒有眞正運用那份幸運。

所謂的高手，並非是，當其他的殺手選擇撤退的時候，他卻選擇了繼續進攻。

眞正的高手，是在其他殺手選擇失敗的時候，他選擇了成功。

一切以結果論。

搓著手，朝掌心用力呼氣，用力捏了捏據說是仁波切加持過的能量石手環。

「我需要一次，證明自己的機會。」

阿樂再度走進了彩券行。

27

當天晚上謎底揭曉，電視下面的跑馬燈宣布了答案。

區區四百塊的安慰獎。

「這怎麼可能？」

阿樂難以置信，但事實就是如此。

這種鳥蛋大小的運氣，還眞的只能去醫院拔掉老奶奶的呼吸器。

不過，看起來好運還沒完全背叛阿樂。

那天晚上滿肚子灰心的阿樂按照往常一樣，百無聊賴上網看美女相簿。點著點著，然後勤勞地將這些網路美女的個人資料頁所附上的MSN帳號，加入自己的好友名單。越加越多，越加越沒有原則。

而那些網路美女爲了衝人氣，幾乎都答覆了阿樂的好友申請，也因此阿樂的MSN好友名單裡，清一色都是非常漂亮的女生。

每次上線，好友名單一彈開，就是浩浩蕩蕩的兩百三十幾個美女。

找她們聊天？

當然，爲了追求不曉得存不存在的幸福，阿樂也亂槍打鳥傳過訊息給她們，但因爲完全不熟，只能傳一些「嗨嗨嗨！」「妳好！」「在做什麼啊？」「可以跟妳交個朋友嗎？」之類無關痛癢的話，或只是一張罐頭笑臉。

幾乎沒有人回應過素不相識的阿樂。

但今天晚上，情勢似乎有了一點轉變……咚！

「咚？」阿樂緊張地看著電腦下方的訊息列。

天啊，有人敲我！

滑鼠游標迅速一點，對話視窗彈開，是一個阿樂昨天晚上才加的新好友。

一個叫做「妙妙」的網路美少女。

「嗨，安安！」來自妙妙。

「嗨嗨！安安安安！」阿樂趕緊回應。

同時用最快的手速點出了妙妙的無名相簿，再點進她的個人資料名片。

身為一個稍有人氣的網路美少女，妙妙的基本資料寫得很齊全。

十九歲，身高一百六十七公分，體重四十九公斤，胸腰臀無不在標準範圍之內，貼著假睫毛的眼睛水汪汪，搽著亮彩唇蜜的櫻桃小嘴一閃一閃。

美女都很喜歡拍照，相簿裡的自拍照少說也有個三、四百張，專業的攝影外拍也有十幾本相簿，其中不乏讓人臉紅心跳的比基尼系列。

「你叫阿樂呀？你加我好友我很開心，請多多指教。」妙妙很有禮貌。

「妙妙妳好，很高興妳敲我。」阿樂顫抖的手指，戒慎恐懼地敲下：「請多多指教。」附上一個笑臉。

「今天有點冷耶，明明還沒到冬天。」妙妙閒哈啦。

「對啊，氣象局說是有鋒面要來。」阿樂倒是很不安，一直聊天氣超蠢的。

「鋒面耶，好酷喔。」

「對呀對呀。」隔了一條網路線，阿樂很自然變成一個白痴：「酷斃了。」

「阿樂，你在哪裡啊？」妙妙立即回覆。

話說，妙妙一直回覆得這麼快，好像她正專心與阿樂聊天，不是一個人對十幾個好友的聊法。這個小發現讓阿樂爲之一振。

「我在台北。」只是回答太無趣了，阿樂慢慢地敲下：「科科科。」

「台北的哪裡呢？」

「永和。妳呢？」阿樂想了一下，又敲下：「科科科。」

「怎麼那麼巧！我也住永和耶！」

「哈哈哈，這個巧啊，那一定是……」

來了！機會又來了！

於是阿樂屏住呼吸，打下關鍵字：「緣分囉！」

女孩子果然很愛聽緣分兩字，就這樣，兩個人從普通至極的日常對話，迅速躍升爲「妳平常喜歡做什麼呀？」「妳最喜歡看哪部電影啊？」的興趣層次。

妙妙喜歡戴紫色的瞳孔放大片，喜歡穿粉紅色系的衣服，喜歡穿長靴，喜歡在手機蓋上貼水鑽，喜歡唱歌唱到天亮，喜歡在東區逛街，也喜歡踏西門町，喜歡在網路商城裡買小飾品，喜歡在信義威秀看午夜場的電影。

妙妙不喜歡別人囉嗦，不喜歡前男友禁止她穿短裙，不喜歡穿西裝打領帶約會的人，不喜歡去夜店因爲太吵了，不喜歡虐待狗的人，不喜歡一直在聊天裡談論政治的人，不喜歡嫌她化妝太濃的人。

至於阿樂呢？

除了殺人之外，唯一的強項就是泡澡了。

幸好這幾個禮拜下來阿樂多了一個新的強項，於是他奮力地分享最近一直狂吃有機蔬果的種種好處，拚命介紹有機蔬果有多健康，吃有機蔬果不只對自己好，對整個產銷供應鏈都有正面的幫助，不僅可以幫到用心栽植的農民，還可以淨化土地，總之吃有機蔬果才是愛台灣啦！

幸運的是，妙妙似乎不覺得養牛很老土，還一直問東問西，說自己其實也很想嘗試有機蔬果改善體質，不曉得阿樂有沒有推薦的店家。

「原來眞的是緣分，幾個禮拜發生在我身上的悲劇，竟然那麼有意義！」

阿樂打字越打越快，桌上一杯濃茶喝完了，也不敢衝去廁所解放。

兩個小時後，兩人的對話又從興趣的中階層次，直接拉升到非常高階的心事分享層次。

妙妙開始聊她小時候養的小黃貓。聊國小三年級去學鋼琴結果被老師罵到沒自信。聊她三個前男友是怎麼跟她開始又如何結束。聊劈腿。聊被劈腿。聊她去汽車旅館外拍差點被下藥迷姦的恐怖經過。聊她的身邊有很多只看她漂亮就想吃她豆腐揩油的壞男人。

「妳放心，我不是他們其中之一。」阿樂認眞地敲下。

這倒是眞的，阿樂從來不是當壞男人的料。

他有種殺人，沒種當壞男人。

「眞的嗎？不可以騙我呦～～」妙妙楚楚可憐地回應。

除了自己的職業是殺人外，阿樂窮極無聊的人生裡發生過什麼便說什麼，挖空心思就是想接話，鍵盤上的滴滴答答聲越來越急促。

雖然阿樂不算個很憂鬱的人，但在心事分享的時刻自然而然語氣就沉鬱了起來。

大概是用憂鬱的口吻說話，自有一種充滿智慧的病態美感吧？

到最後憂鬱的額度終於用完了，自己那一些沒什麼了不起的寂寞心事也說乾淨了，阿樂只好拖著沉重的尿袋衝到浴室，把放在馬桶上的好幾本兩性相處教戰書放在鍵盤旁邊。

一邊看著妙妙正在分享的心事，另一手以幫左輪手槍塡子彈的超高速翻書。

現在妙妙聊到以前跟前男友還在一起時，那男人會與他的前女友維持好朋友的關係，偶爾會一起逛街，有時還會熱線聊到天亮。

她吃醋，他便罵她想太多，她生氣，他就更生氣，罵她無理取鬧。等等等等。

阿樂就趕緊拿起一本叫《十分鐘，女人心事全都懂》的心理教戰書，迅速翻到第四章第六小節：「前女友？前男友？他們到底在想什麼啊！」之卷，把書裡面的東西用自己的話說一遍。

大師的話果然不一樣，立刻贏得妙妙一直說：「天啊！我早該聽到這些話的！眞的好有道理喔～～～爲什麼我以前沒有想到呢？哭哭！」

「沒什麼啦，我只是比一般人多一點點細心而已。」阿樂很謙虛地鍵下。

「你眞的好懂喔，眞是稀有動物。」妙妙讚嘆。

「稀有動物？」阿樂全身輕飄飄的。

「對呀，還是……還是你是Gay啊？不然怎麼會那麼了解女人呢？」

「哈哈哈哈我不會是Gay啦，事實上我有很多Gay的朋友也常跟我聊他們的心事呢。」阿樂哈哈笑，得意極了。

手邊鍵盤旁的確躺了一本《同志人連線：比女人更懂女人》的心理勵志書，裡面的觀點另闢蹊徑，剛剛也偷用了好幾個風趣的句子。

「眞希望早一點認識你，這樣我有很多問題就可以問你了。」

「以後也可以問我呀～～」

阿樂笑到膀胱裡的尿震到快逆流進胃裡了，一邊打字，一邊感嘆：「幸好以前我看書都超認眞的，還會在折頁上黏分類標籤……眞的眞的，以前經歷的痛苦都是爲了今天的快樂，過去認眞突破人生逆境的我所做的種種努力，都是爲了今天晚上的聊天啊！」

到後來，阿樂靈機一動，拿起非常暢銷的星座占卜書《十二星座戀愛法則：懂星座，更懂愛！》，翻到「雙魚座」那幾頁，瞄了幾行自己曾用螢光筆劃線的句子就猛抄，硬是從妙妙的談話中找星座分析出來牽強附會。

這一招果然管用，妙妙對阿樂讚不絕口。

兩人繼續聊，阿樂繼續抄。

漸漸的，書闔上了。阿樂開始放膽子用自己的話下去聊天。

不是笨，也不是不解人意，更不是眞正的白目，阿樂只是很容易緊張，反應老是慢了七、八拍，這個缺陷在「現實世界」裡相當吃虧，常常說錯話遭到女人賞以白眼。

「多想五秒鐘，世界更美好。」阿樂喃喃自語，輕輕落鍵。

對任何不善言詞的人來說，網路聊天眞不愧是二十世紀最偉大的發明。

除非打開視訊，否則對方看不到你正在擠眉弄眼，而這種允許延遲幾秒再回應的對話，對容易緊張說錯話的阿樂來說，才是王道！

聊著聊著，終於聊到了窗外的天空藍起來的破曉時刻。

什麼都聊了，該聊的不該聊的可能可以聊的大概不能聊的，通通都聊了。

理所當然他們交換了手機，這還是妙妙主動開的口。

「這絕對是傳說中的心靈交流啊！」阿樂感嘆，一點都不覺得累。

從來沒有這種體驗。

阿樂毫無懷疑，歷經風風雨雨，自己終於遇上了眞命天女。

「阿樂，在我出門打工前，我有 個小小的請求。」妙妙敲下。

「好啊妳說？」阿樂笑得臉都僵了。

「阿樂，我可以看看你嗎？」妙妙短短的文字裡，充滿了異樣的情愫。

阿樂震住，戰戰兢兢地敲下：「爲什麼？」

「說了你不可以笑我喔。」

「我不笑妳。」

「你保證？」

「我保證。」

「……我好怕跟我聊了一整個晚上的，其實是一個女生喔。」

「啊！我不是！我當然不是女生啊！」阿樂連忙否認。

「而且啊……」妙妙的句子後面附上一個害羞的紅臉。

「而且？」

「我想看看，今天晚上到底是誰偷走了我的心？」

「……」阿樂呆住了。

一股暖意從兩股之間慢慢擴散開來，一道熱流沿著大腿、貼著小腿流到了腳底板，默默滲出了拖鞋，最後低調地流到了地板上。

顫抖的手，彷彿進入自動操作模式，阿樂輕輕地按下即時視訊的按鍵。

電腦螢幕上同時顯現出阿樂的小臉……與妙妙的大臉。

眞的是妙妙本人啊！

如果剛剛有一絲一毫懷疑這個妙妙不是本尊，現在也完全破除了疑問。

「阿樂，謝謝你陪我。」妙妙的臉貼近螢幕。

「……不客氣。」阿樂宅宅地僵笑著。

慢慢的，妙妙嘟起了嘴唇，給了阿樂一個輕輕的飛吻。

絕對有那麼一瞬間，阿樂的心臟完全停止了跳動。

當他的心臟再次跳動起來的時候，螢幕已經暗掉。

妙妙下了線。

而阿樂呆呆看著螢幕，感動得久久不能自已。

28

翻來覆去，阿樂完全睡不著。

每隔三十秒就感謝一次天，隔一分鐘就感謝一次地。

捱到早上九點，再也無法壓抑的他以最快的速度衝到最近的賣場，買了一台印表機。

回到家，阿樂馬上將一整夜的MSN對話列印出來，拿在手上到處複習。

泡澡也看，大便也看，躺在沙發上大啃有機大黃瓜也看。

阿樂看得津津有味，一點都沒有倦意。

這眞多虧了殺手非凡的職業素養。

要知道，爲了做事阿樂曾經躲在目標房裡的衣櫃連續二十七個小時，也曾經在河裡潛伏八個小時只爲了等目標毫無戒心地踏上小船，最高紀錄是與師父在泰緬邊境的山區迷路，索性比賽耐力，兩人不眠不休走了整整三天。如果只是單純的不睡覺，阿樂可以連續維持一百二十三個小時良好的體能與集中力呢。

到了下午，他實在壓抑不了炫耀的衝動，非得跟什麼人聊一下不可。

誰？

基本上阿樂沒什麼朋友，只好硬著頭皮打電話給經紀人。

陳老師、老雷諾、韓吉哥都是男的，只有曉茹姊是女的。

那就曉茹姊吧？阿樂立即按下通話。

「喂？曉茹姊？」

「嗨阿樂，這陣子好嗎？」

「很好，無敵好。」

「對了，一直沒認眞謝謝你送的那箱有機蔬菜。」

「那個沒什麼，我買很多，吃完了儘管跟我說。曉茹姊，妳現在有空嗎？」

「如果是關於接單的事，阿樂，我們聊過了，你是該好好休息一下。」

「喔不是，不……也是，我是好好休息了幾天。我現在眞的很好，非常好！」

「如果你只是單純閒不下來，我幫你注意一下有沒有剛好下在度假勝地的單？讓你可以一邊度假，一邊簡單活動一下身手。不過那也得碰碰運氣。」

「妳完全誤會了曉茹姊，我只是在想，認識這麼久，我們好像沒有好好聊過天。」

「聊天？」

「沒錯，我想跟妳分享一下我最近的一場戀愛。」

「戀愛？我不懂你在說什麼。阿樂，你怎麼了？中槍了嗎？」

「曉茹姊，我沒有中槍，我也沒有想殺任何人，而是，如果妳有時間的話，我想跟妳分享一下截至目前為止發生在我人生中最重大的事件！」

「……好吧，如果這是經紀人該做的事。」

儘管曉茹姊感覺沒什麼興趣，但阿樂一開始說就停不下來。阿樂鉅細靡遺重現整個晚上的對話，而曉茹姊也很有耐性，表現得像個大人，沒有打斷他。

直到阿樂滔滔不絕了二十分鐘後，這位下單給阿樂超過二十次的資深經紀人，忍不住給了中肯的意見。

「只不過在網路上聊聊天，不算談戀愛吧？」她語氣謹慎。

「為什麼這不算戀愛？」阿樂立即反駁。

「又沒有看過對方，只是聊天，這樣能叫談戀愛嗎？」

「以前的人寫信交筆友，不也是談起戀愛了？」阿樂忍不住強調：「而且我們最後有開視訊啊，有確確實實看過對方！她就是妙妙本人，大美女一個！」

「好吧，也許你是對的。」

「現在很多情侶都是透過網路認識的啊！這已經是時代的一部分了。」他乘勝追擊。

「但你們只聊了一個晚上，會不會是你想太多？」曉茹姊的語氣冷淡。

「曉茹姊，妳看過《倚天屠龍記》吧？」阿樂天外飛來這一句。

「你是問港劇還是小說？」曉茹姊臨危不亂。

「反正記得張無忌吧？他在光明頂不到一天就練成乾坤大挪移了！」

「……好吧，我想我了解你的比喻。」

「還有，稀鬆平常的太祖長拳到了喬峰手裡，馬上變成威力強大的太祖長拳！」阿樂深怕曉茹姊不懂裝懂，不厭其煩地解釋：「每個人的資質不一樣啊，每個人的感受力也不一樣啊，如果相處越久就越愛，這個世界上就沒有人離婚了是不是？一見鍾情才是愛情最深刻的道理。」

「我說阿樂，你要小心一下網路詐騙。」曉茹姊鄭重地說。

「詐騙？我剛剛不是說我們開了視訊嗎？她就是妙妙本人啊！」阿樂微怒。

「了解了解，完全了解。」曉茹姊終於不耐煩起來，說：「如果你沒有要殺人的話，我想去做一點跟殺人有關的事。總之很替你高興，你自己小心。」

「天啊我不需要小心，我需要的是祝福啊！」

「祝福你找到眞愛。」曉茹姊掛上電話前不忘補上一句：「還有，無論如何記住，幹我們這一行的，沒有在報警的。」

阿樂沒好氣結束通話，這算什麼結論啊眞是。

不過阿樂想起他昨晚從兩性書裡抄襲過的一句話：「不要太聽信旁人的建議，也不要太相信任何法則，畢竟在愛情裡發生的最美好的那部分，只有你們兩人知道。」

果然有道理。

再深究一下那句話，曉茹姊越是不能理解這段愛情，就偏偏凸顯出這場愛情的獨一無二。

本來就是如此嘛，區區一個旁觀者，怎麼能理解昨天晚上發生在我身上的，是多麼震撼的心靈交流呢？

阿樂釋懷，遠遠對著電腦笑了起來。

29

下午三點。

正當阿樂對昨晚的心靈交流進行第二十九次的複習時，手機震了一下。

來自妙妙的簡訊：「阿樂，我很想你。晚一點我下班，可以跟你見面嗎？」

阿樂狂喜，站在沙發上狂叫狂跳。

根本無法冷靜，阿樂的手指超大力按著手機按鍵，輸入：「好啊，我也很想妳，幾點我們在哪裡見面呢？」

「七點，約在四號公園旁邊的E61可以嗎？」妙妙隔了一分鐘就回傳。

哈哈大笑的阿樂開始狂揍沙發，發洩體內不斷爆發出來的小宇宙。

當沙發死了十次後，阿樂趕緊回傳：「好的，到時候見。」

「很期待呢。」妙妙附上一個頑皮的笑臉。

帥啊！

爽到最高點的阿樂改用頭殼又殺了沙發十次。

「好了，現在得冷靜一下。」阿樂雙手緊緊握拳，呈現一點也不冷靜的模樣：「得認眞想一下晚上要穿什麼，第一次約會，第一眼的印象無敵重要啊！」

妙妙才十九歲，整整小了自己十歲，這可是不得了的世代差距。

不過沒關係，網路上什麼都有。

妙妙的網路相簿裡的照片透露了很多妙妙喜歡的打扮，每一張自拍，妙妙都穿得很年輕，很露，很潮，整體以鮮豔的色彩爲主。

阿樂自忖晚上的造型也不能太老氣。尤其妙妙說過她討厭約會穿西裝打領帶的男人，很假，所以他絕對不能打扮得像要去參加婚友聯誼社的活動。

沒時間細想了，阿樂拿起每期必買的幾本型男雜誌，撕下幾頁便衝出門。

按圖索驥，用殺人換來的鈔票迅速在新光三越打點好一個全新的自己。

「感覺還滿年輕的嘛。」阿樂在服飾店的鏡子前走來走去。

爲了有效率地殺人，自己的身材維持得沒話說，穿起年輕人的衣服也很好看。

養兵千日啊。

很快，夜晚來了。

30

E61，永和四號公園旁街邊的一間小咖啡店。

這間風格獨特的小咖啡店裡總是有絡繹不絕的客人，店裡只有少少的幾張椅子，坐不了人，店外卻大排長龍了許多貌似文青的客人。

大家手裡拿著飄著熱氣的馬克杯，擠成一團在店外聊天，久久不肯散去。

E61沒什麼東西吃，但旁邊的另一間小店「比利時鬆餅」可是超級美味。

遠遠便看見一個打扮時髦的女孩在跟自己招手。

「哈囉哈囉，我是妙妙。」女孩看起來有一點點緊張。

「我就是阿樂，今天請多多指教。」阿樂練習了好久，總算超有元氣地招招手。

雖然天氣微涼，妙妙還是穿得超辣，辣到阿樂整個人都快冒火了。

「突然約你，有嚇到你嗎？」妙妙踮了踮腳，身子前傾。

「妳約我，我很高興呢。」阿樂靦腆地笑笑，抓了抓頭。

跟所有人一樣，阿樂與妙妙點了E61最經典的熱黑糖拿鐵，拿到隔壁的比利時鬆餅店喝。

阿樂吃黑櫻桃卡士達，妙妙則要了一份雙草莓冰淇淋。

起初當然有點尷尬。

但妙妙主動找了很多小話題，問東問西的，慢慢化解了阿樂的緊張與不安。

喝完了咖啡吃完了鬆餅，要做什麼？

四號公園就擺在街邊，於是兩人自然而然開始漫步繞公園，一邊聊天。

比起剛剛面對面一起吃東西那種不熟的壓力，散步聊天要簡單多了。

「妳本人比網路上的照片，要漂亮很多耶。」阿樂發自肺腑的讚美。

「謝謝，我下班以後還特地跑回家打扮呢，好怕你不喜歡喔。」妙妙笑得好燦爛。

「我……我怎麼會不喜歡？妳眞的很漂亮。」阿樂臉都紅了。

走著走著，妙妙的肩膀若有似無地碰了阿樂一下，碰得阿樂心跳加速。

四號公園很大，慢慢繞一圈至少要半個小時。

這兩個好似剛剛陷入熱戀的男女已經繞了四圈，有話聊的時候就聊一下，沒想到話題就慢慢走，一點也不著急接話的感覺讓阿樂很自在。

遠離了網路，還以爲會很可怕，沒想到一切都很順利嘛！阿樂慶幸。

「對不起，我腳好痠喔。」妙妙突然道歉：「可以休息一下嗎？」

「啊！我才對不起！」阿樂慌慌張張地說：「我是大白痴，竟然讓妳走那麼久！」

「沒有啦，跟你聊天很開心，一下子就忘了時間，是我自己笨。」

「我也忘了時間……沒想到跟妳很有話聊。」阿樂自責。

「眞想跟你繼續下去，不過我眞的好累喔，」妙妙歉疚地說：「昨天晚上我跟你一直聊到早上，然後天一亮又去上班，下班後回家打扮就出來跟你約會了，眞的好想睡覺了。」

天啊自己眞的是太不體貼了，竟然完全沒有想到這一點。

不過，既然妙妙都開口了……

阿樂鼓起勇氣：「那我可以送妳回家嗎？」

「喔。」妙妙嘟起嘴，低下頭。

？

喔？

不是好，也不是不好，那是什麼意思？

妙妙的表情像是一個謎團，沒有生氣，也不像開心。

阿樂再度陷入無法理解的恐慌。

「阿樂，你老實說，你是不是不喜歡我……」

「！」阿樂震驚，趕緊澄清：「哪有可能！我……我很喜歡妳！」

「那……你怎麼不想繼續跟我聊天，就這樣要送我回家？」

妙妙看起來很委屈，簡直快哭了。

「可是，妳說妳想睡覺……」阿樂不知所措。

「我真的好想睡嘛，但我也想一直跟你聊下去啊，你都不想嗎？」

「想！當然想！」阿樂著急了。

按照自己受過嚴格的殺人訓練，就算不喝水不尿尿也可以持續聊十個小時啊！

「那你還一直想送人家回去。」妙妙低下頭，聲音哽咽。

「那……那……」現在是怎樣，阿樂毫無頭緒。

等等。

想繼續聊天，又不想回家，卻又非常想睡覺……那麼答案只有一個。

妙妙想來我家？

妙妙想來我家？

忽然之間，阿樂明白了。

全都明白了。

難怪妙妙要生氣，要委屈，要難過得想哭，卻又不肯說清楚。

畢竟要一個女孩子自己開口說想到男生家裡聊天……跟小睡一下下，實在太難以啓齒了。

而自己，竟然這麼不體貼！

「那個……」阿樂覺得很痛苦。

遙想剛出任務第二年，有一次肚子反被目標捅了兩刀、差點死在計程車後座的那種拚命按著傷口不讓腸子流出來的痛苦，現在，阿樂才領略到什麼叫眞正的悲痛欲絕。

謹遵師父的教導，身爲一個殺手，絕對不能讓別人知道你住哪裡，遑論帶任何人回家。

如果不嫌麻煩，不只要狡兔三窟，還得幾個月就得搬一次家，避免被盯上。

如果眞的要娶妻生子，也必須另外租房或買房安置另一個身分的人生，不然一旦被仇家盯上，禍及家人就是大悲劇。

眞正的「窩」就是殺手的聖地，就連師父也不必知道、不能知道。

起先當殺手的那一兩年，阿樂倒是一口氣租了三個地方隨機去睡，也固定每半年就搬家一次，過著相當神祕的生活。

但這幾年阿樂一個人寂寞慣了，也完全沒有什麼朋友可以帶回去聊天，精神上徹底懈怠了，根本沒有心思去弄狡兔三窟，現在就只有一個「窩」。

爲了出任務方便，也爲了防患未然，房間裡……

天花板下有兩把左輪，四把自動手槍，五百多發不同格式的子彈。

床底下有一把上了膛的半自動手槍、軍用夜視鏡、一顆手榴彈跟兩顆閃光彈。

枕頭下壓著有一把鋒利異常的短刀，以及一把掌心雷迷你手槍。

釘在鞋櫃上那圓靶，上面零零散散插的飛鏢全是抹了神經毒的利器。

那裡……不行。

「我家很亂，都沒收拾，眞的很對不起……」阿樂超想殺了自己。

「那我們可以去汽車旅館啊。」妙妙第一時間打斷阿樂的痛苦。

阿樂怔住了。

腦袋一片空白。

不，不是空白，是五顏六色七彩奪目極其耀眼的天堂色。

「你是不是覺得，我不是一個好女孩？」妙妙的眼角泛著淚光。

「不！絕不是！」阿樂斬釘截鐵地說：「完全相反，我覺得妳是一個非常好的女孩！」

「我只是相信阿樂是正人君子，我才會覺得去汽車旅館休息一下很安心，聊個天，小睡一下……希望你不要誤會我是一個隨便的女生。」妙妙感覺有點沮喪。

「不！絕不會！」阿樂義正辭嚴地說：「妳的想法很正確，想休息到汽車旅館本來就是很正常的一件事，我是正人君子沒錯，一定不會做出對妳不禮貌的行爲，妳要相信我！我會保護妳不被任何人傷害！只要有人誤會妳是隨便的女生，我一定饒不了他！」

越講越離譜，阿樂的腦中也越來越混亂。

混亂裡出現了一道美麗的光芒，從雲端之上高高綻射了下來。

耀眼的程度令阿樂幾乎睜不開眼。

那道光如果有一個名字，它一定叫做……

幸福。

31

阿樂不是沒住過汽車旅館。

事實上，由於在各地執行任務的關係，阿樂經常外宿。

但沒有一天像今晚一樣，確確實實感受到汽車旅館是一個多麼色的地方。

六十吋超大電漿電視，撒著玫瑰花瓣的按摩浴缸，席夢思的國王尺寸床墊，柔軟的羊毛地板，淡紫色的折射光壁，浪漫的氣氛無處不在。

蓋著棉被，阿樂與妙妙腳碰著腳，看著電視上的「康熙來了」一邊瞎聊。

這可不比繞公園聊天，阿樂始終結結巴巴，身子燥熱。

「對不起，害你花很多錢，不過今天我們可以住在這裡嗎？」妙妙害羞地說。

「啊！可以！想睡就睡吧！我會保護妳！」阿樂雖然很緊張，但還沒緊張到變成白痴：「本來睡覺就是要盡情的睡，我……我是正人君子妳相信我！」

事不宜遲，阿樂趕緊打電話到櫃檯，把臨時休息改成過一整夜。

妙妙把頭放在阿樂的肩膀上，輕輕地說：「你真好。」

近距離聞著髮香，阿樂全身僵硬不敢亂動，深怕打擾到昨晚徹夜未眠的妙妙睡覺。

但妙妙好像睡不大著，翻來覆去，看著電視節目一直嘻嘻嘻嘻地笑。

過了一陣子，妙妙才說：「對不起，我沒洗澡，會睡不著。」

這根本不是問題，完全不是問題，絕對不是問題。

阿樂呆呆地說：「那妳去洗澡吧。」

「不可以偷看喔。」妙妙嬌羞地說：「要乖乖。」

「一定！」

聽著浴室傳來唏哩嘩啦的水聲，阿樂整個人石化在床上。

然後妙妙開始唱歌，唱著梁靜茹的〈暖暖〉。

「都可以～隨便的～你說的～我都願意去～～小火車～擺動的旋律～都可以～是真的～你說的～我都會相信～因為我～完全信任你～～～」

她甜膩的聲音，令躺在床上的阿樂不由自主想像她洗澡的畫面。

阿樂的呼吸變得很粗重，思緒變得很邪惡。

……「正人君子」這四個字到底是誰發明出的成語？

不知道，不清楚，不明瞭，但這個成語發明家一定是發明它來騙小女生用的！

「你有乖乖嗎？」妙妙的聲音從浴室裡出來。

「有！」阿樂大聲說：「我有乖乖！」

天啊，自己竟然可以擁有這麼幸福的對話！阿樂開心得快爆炸了。

隔了很久，妙妙終於裹著浴袍走了出來，一邊擦著濕透了的頭髮。

「……」阿樂停止呼吸。

這輩子不是沒看過這種女人出浴的情色畫面，不過上一次是因爲阿樂要開槍殺了那女人和她的情夫。根本沒想那麼多就扣下扳機。

而這一次，這女人卻是屬於自己的命中註定。

「幹嘛這樣看人家？」被熱水燙紅的小臉格外可愛，妙妙咬著下嘴唇：「浴缸裡的水我還沒放掉，不介意的話給你洗。」

阿樂猛點頭。

像充電過頭的機器人一樣走到浴室，阿樂以最快的速度脫個精光踩進浴缸裡。

說到泡澡，這可是阿樂的強項，但他從來沒泡過女孩子剛剛泡過的浴水。

他萬分珍惜地將全身浸了下去，感受著妙妙留下來的溫暖與體香。

好感動，阿樂閉上了眼睛。

寂寞孤單了這麼多年，累積了多少空虛無奈，現在總算苦盡甘來。

他微笑，越笑越開，笑得合不攏嘴。

這時阿樂不禁想到了一個網路笑話。

有一個男人帶女人回家過夜，女人要男人保證他絕對不會對她動手動腳，男人說好，如果動手動腳的話他就是禽獸。到了睡覺時，男人果然遵守約定，什麼也沒做，一覺到天亮時男人發現女人已離去。而枕頭上留了一張紙條，上面寫著：「禽獸不如。」

哈哈，滿臉泡在水裡的阿樂乾笑起來。

等一下自己是要當一個禽獸呢，還是禽獸不如呢？

這真是難以抉擇又幸福的苦惱啊，阿樂越想越硬。

一顆鼻孔上的氣泡漂到了水面上。

「剝。」

就在此時，阿樂感到一陣頭昏腦脹，胃裡翻騰。

睜開眼，自己竟被人重重一腳踩中肚子，下一瞬間就被拖出浴缸一陣亂七八糟的毆打。

根本來不及看清楚對方是誰，只知道大概有四、五個人這麼多，這些男人擠在浴室裡，一邊大罵一邊朝他的身上狂風暴雨似亂打一通。

渾身赤裸的阿樂就這麼被打得鼻青臉腫，然後給踹出了浴室。

妙妙蓋著棉被大哭，指著阿樂說：「就是這個男的強姦我！」

這一句話，令阿樂瞬間明白了。

明白了今天晚上發生在他身上的所有一切，一切的幸運，通通都是——

一團惡魔的屎！

一團惡魔正對他的臉，用力拉出來的屎！

狼狽的阿樂被壓在地上，默默地承受在這間房間裡上演的怪戲。

所有在這間房間裡的每一個人都知道發生了什麼事，個個心中雪亮，毫無曖昧，卻還是自顧自扮演好屬於自己的角色。

這就是專業。

「你混哪裡的！竟敢玩我的女人！」一拳重擊阿樂的後腦。

這用力鬼叫的混混飾演此案中損失最慘重的男人，也就是主要的事主。

阿樂不置可否。

「幹！去死！什麼女人不玩！玩我大嫂！」一腳踢向阿樂的肋骨。

這男人顯然飾演的是事主的跟班小弟，阿樂了解了。

「幹你娘你這個畜牲竟然糟蹋我妹妹！我妹還是處女！」一腳踩住阿樂的背。

喔，這個男人飾演妙妙的哥哥，也算是事主之一吧？

不過你不太敬業啊，你妹妹不是有男人了嗎？剛剛那男人揍我揍得最兇啊！

「他媽的，竟敢玩我小弟的女人！你這是看不起我！」一腳踢中阿樂的臉。

嗯嗯這男人飾演有情有義的大哥，今天特地爲小弟出頭來著，打我也是應該的。

「幹幹幹！幹幹幹！幹！幹！幹幹幹幹幹！幹！」

……這個混混飾演角色不明，只分配到了一個幹字的台詞，倒是打得很暢快。

被壓在地上的阿樂，默默地承受這一頓充滿戲劇張力的拳打腳踢。

當然這是一場不折不扣的仙人跳。

這些敬業的黑道分子除了一開始那幾下眞的揍得很大力，其餘都只是裝模作樣的亂踢，畢竟把他打傷也不是他們的本意，打得人嚴重還會有反效果。

這讓阿樂一邊挨打，一邊反而得以沉靜下來。

「裝傻！都不會道歉的啊！啊！不講話？你不講話！」

「你看你要怎麼給我一個交代！說啊！說啊！」

「我妹妹的清白被你糟蹋了！幹！我這個做哥哥的一定要給你一個教訓！」

「有沒有社會常識啊！玩人家的妹妹都不用付出代價啊？啊！」

「行情知不知道？人家可不是出來賣的，是良家婦女啊！講話啊！」

講話？

阿樂什麼話也說不出來，他只是一直在反省。

……到底爲什麼會被設局突襲？

回想起來，妙妙應該不是在自己進來洗澡的時候才打電話通風報信，最慢是在她洗澡的時候一邊唱歌一邊傳簡訊告知汽車旅館與房間號碼。

不，其實今天晚上妙妙有太多時機都可以做這件事，因爲自己根本沒有一絲懷疑。

剛剛浸在浴水裡沒聽到妙妙偷偷去開門，也沒感覺到有人闖進浴室。

身爲一個職業殺手，自己竟一點警覺性也沒有？

眞是丟臉。

既然自己飾演的是仙人跳裡的苦主，那麼，等一下馬上要上演的，就是報紙上常寫的「畫押簽本票」吧，金額從五十萬到一千萬都有可能。反正漫天開價，專削自己這種大蠢蛋。

然後自己會被架起來拍裸照，還會被迫擺出一些奇怪又丟臉的姿勢。

一陣又一陣的吃痛中，阿樂想起了曉茹姊最後那一句話。

——幹我們這一行的，沒有在報警的。

「……原來如此。」阿樂喃喃自語。

幾個男人將一直趴在地上的阿樂架起來，讓赤條條的他以正面難堪地對著所有人。其中一個混混拿起早就準備好了的數位相機，朝他按了好幾次快門。

閃光燈打在阿樂狼狽的臉上。

「臭小子，你打算怎麼解決這件事？」那個飾演老大的男人點了菸。

「……」阿樂面無表情地吸了吸鼻血。

「在這個社會上走動，多少還是要有點常識。」那老大將菸頭靠近阿樂的奶頭，逼近、逼近、逼近：「態度決定高度，行情決定心情，你等一下想怎麼回家，就看你的誠意。」

是了，黑社會是全宇宙最喜歡講「誠意」的組織。

「誠意啊！」飾演妙妙男人的混混大聲重複。

「誠意啊懂不懂！」飾演妙妙哥哥的混混更大聲重複：「誠意！」

「大哥在給你重新做人的機會，要趕快把握懂不懂啊！」飾演妙妙男人的小弟的混混大聲咆哮。

「幹幹幹幹幹幹幹幹！」沒有分配到對白的混混持續他的幹。

終於可以抬起頭的阿樂，用腫起來的眼睛緩慢地掃視房間裡的一切。

就這五個男人啊……看起來三個勉強算能打，兩個則是雜魚。

雖然阿樂不是近身搏殺型的殺手，但這五個混混比起經常在身邊飛舞的那些子彈，比起那些黑道大哥的貼身保鑣，實在不是什麼困難角色。

基本上，阿樂對這一頓毒打沒什麼怨言。

他是殺手，殺人的專家。

這些人則是勒索界的專家。

雖然不算同行，但同樣都是在這個世界的陰影面下混口飯吃，不該互相爲難。

問題是，現在阿樂的心情跌到了谷底。

他看向坐在床上、早已穿好衣服的妙妙。

「妙妙，妳喜歡我嗎？」阿樂無助地問。

「你強姦我！」妙妙尖叫。

這一叫，阿樂終於徹底心碎。

抓住阿樂左手腕的那隻手，瞬間被扭斷手腕。

架住阿樂右手臂的那隻手，在下一瞬間被反抓，喀一聲扭斷。

「！」站在正對面、飾演妙妙哥哥的男人大驚，正要上前。

阿樂一個簡單的突步，掌底上轟直接命中哥哥的下顎，重重轟昏了他。

飾演沒有台詞的混混可沒閒著，即時從口袋裡抽出刀子之際——

很好。太好了。既然是刀子就不需要客氣。

阿樂弓身一拳，迅雷不及掩耳將混混的下巴整個擊碎。

剛剛全部的動作，都在四秒之內完成。

只剩下飾演老大的男人呆在原地，自始至終一動也沒有動。來不及動。

那四個倒楣的混混，兩個昏死，兩個倒在地上抱著斷手哀哀叫個不停。

妙妙則坐在床上驚恐不已，全身發抖，一句話也不敢吭。

「……」妙妙完全嚇壞了。

「……」飾演老大的男人選擇了保持沉默，好像一切與他無關。

鼻青臉腫的阿樂慢慢穿起褲子，套上衣服，繫好鞋帶。

拿起掉在地上的數位相機，抽出拍了難堪照片的記憶卡放進口袋裡。

走到門邊，他深深向呆若木雞的妙妙一鞠躬。

謝謝妳讓我談了兩個晚上的戀愛……他心道。

阿樂沒有抬頭便走出了房間，免得被妙妙看見了他的眼淚。

32

一個人走在微涼的路上，踩著燈下的影子。

雖然嘴角還腫著，肋骨隱隱作痛，胃還是很不舒服，可阿樂一點也沒感覺。

忽然，他想吐。

於是挨著電線桿，彎下腰，張大嘴巴。

乾嘔了半天卻什麼也吐不出來。

先是氣氛高亢的直銷說明會，再來是網交仙人跳。

到頭來，這個世界只剩下欺騙。

用人最珍貴的情感，欺騙廉價的鈔票。順便還帶走了他對愛情的所有期待。

相較之下，那一個用麥當勞都是爲你節奏切屍體的小仙，顯得眞誠多了……

「晚上的約會進行得怎樣？」曉茹姊適時傳來了簡訊。

「分手了。」阿樂手指冰冷地回了一個太容易戳破的謊言。

曉茹姊很體貼，沒有繼續追問。

倒是阿樂回完簡訊後便哭了。

一個殺人無數的頂尖高手就這麼一路掉著眼淚回家。

愛情落空了。

永遠不會再有機會遇到眞命天女。

因爲這個世界上六十八億人口裡根本就沒有這個人。

昨天晚上的天堂，今天晚上的地獄，就是上天給自己的最後暗示。

既然這個世界上沒有任何人的心，與自己的心是連結在一起的……

那麼，就義無反顧往前，踏上火輪胎與W走過的孤獨之路。

在陷入自我毀滅的瘋狂之前，成爲頂尖中最頂尖的那一個殺手吧。

滿臉淚水的阿樂抬起頭。

颱風來了。

33

颱風來了。

每一個殺手都會記得這個颱風的名字，泰利。

黑色的大雨落在黑色的大海上。

風雨飄搖，一顆子彈劃破了牌桌上的僵局。

血脈賁張的沉默中，上百人在豪華遊輪上將自己的手機扔下海。

一場賭局的結束，也是另一場賭局的開始。

在雨橫著下的這晚，賭神手中的七通電話，召來了三個可怕的殺手。

神祇或惡魔則召來了更合適今晚的命運。

「富貴年華」三溫暖俱樂部裡徹夜響著槍聲，與瘋狂的咆哮。

冷面佛與啷噹大仔，這兩個大黑道頭目在同一個晚上遭到刺殺，雙雙殞命。

情義門失去了唯一的強權掌門人。

鬼道盟掛掉了資源最豐沛的派系老大。

幾個小時後，所有人都知道是賭神下的單。

又過了幾個小時，卻出現了謠言滿天飛的荒謬景象，賭神已置身事外。

江湖上所有人都知道，這兩個頭目倒下，意味著接下來有更多人死。

——需要更多人死，需要藉口，所以需要很多的謠言與揣測。

假借著爲老大報仇，實則爲了趁機拓展地盤，爭位子，搶油水。

子彈如雨。

不只兩個大幫派殺得驚天動地，江湖四大黑幫中的黑湖幫與洪門也下場了。

其中最惹人注目的，便是唧噹大仔手底下的二當家、老江湖義雄，與已逝金牌老大的獨子、初生之犢陳慶之的無情對決。

「有我，就沒有戰爭。」義雄依舊冷酷。

「我只是想求和平。」陳慶之處變不驚。

前所未有的大火併大剌剌在街頭上演，每天晚上都有恐怖的滅堂慘案。

每天報紙的頭條都是槍殺，到後來連負責報導的記者也無法倖免於難，報社被砸，雜誌社被燒，審稿的主編被切掉了的左右手食指沖進馬桶。

警察是合法的幫派，也是江湖上最大的勢力，但面對這種二十年未見的驚濤駭浪，深知一旦動用公權力斷然阻止，只怕會捲起更大的治安問題。

爲了避免殯儀館生意太興隆，警方的最高層提出了徹底解決問題的方法。

黑湖幫、洪門、情義門、鬼道盟四大幫派共兩百八十七個派系堂口，在警政署長的強烈邀約下，在警政署泡了一壺沒有味道的茶。

泡出了一個堅不可破的約定。

十天。

區區十天。

多達十天。

十天的時間讓四大幫派使用各式各樣的手段，用江湖的方法解決江湖問題。

十天之內所發生的一切鬥爭，只要不殃及老百姓，法律層面一概不追究。

哪個幫會死了誰，那個幫會就自己收屍。

哪個幫會的堂口被燒，那個幫會的小弟便自己提水桶來滅。

十天之後，街上再出現一顆子彈，再淌一滴血，警方就會動用所有一切力量摧毀不守信用的幫會。

打到殘，打到廢，打到沒有尊嚴。

最後把毀約犯事的幫派解散，通通扔到監獄裡關到天荒地老。

江湖上稱——「無法十日」。

34

沒有法律的十天，多麼珍貴的十天。

迫不及待上演的並非蠻幹的街頭火併，而是精打細算的刺殺。

歸根究柢，不管「小混混」這三個字是多麼無謂的存在，其實幫派的每一個成員都是實力基礎，死了一個就少了一個，基本算術問題。

若每天都在火併，就算是勢力最強大的幫派也禁不起每天少幾個成員的傷害。

你多死一個，我多活一個，這才是幫會不斷壯大的最佳算式。

於是，專職的殺手成了幫派廝殺下的最佳棋子。

沒有立場，只問價錢。

幾乎每一個殺手都接到了單。

今天受雇於鬼道盟的誰誰誰，要殺洪門的誰誰誰，明天卻換成受雇於洪門的某某某，去殺黑湖幫的某某某。昨天朝情義門的堂口扔手榴彈，後天在鬼道盟大老的座車底下裝炸藥。

鬼魅似的殺手在幽影底橫行，黑幫人人自危。

的確有一個最好的自保做法，那就是下單殺掉每一個可能殺掉自己的人。

於是黑幫瘋狂地下單，令死神的鐮刀在血腥的地上刮出一道又一道的傷痕。

這是二十年來最大的殺手旺季，眞是不吉利的獵殺潮。

才第三天，能叫得出名字的殺手全出動了。

阿樂頂上的四名經紀人，當然也接到了很多單。

但這一個頂尖高手，卻一直推卻唾手可得的高額報酬。

「不接單？休息夠了吧，難道信心還沒恢復？」曉茹姊的聲音很急。

「不，不要給我理由，我再多給你兩個小時考慮。」老雷諾強硬地說。

「先前說你退化是我一時失言，希望你重新考慮這張單子。」陳老師無奈。

「哎呀先接下來！我多介紹幾個不叫小仙的女孩子給你認識！」韓吉哥也急了。

急也沒用啊。

決意要成爲高手的阿樂也很急，但樂透彩券前所未有的一直落空，讓他又驚又怕。

「不是吧……以前我每期必中的……」阿樂看著手中皺掉的彩券。

沒中。

不僅沒中，就連最低標準的四百塊錢都摸不著邊。

難道是上次因為太謹慎，在任務中背棄五百六十一萬的強運，終於報應上身了嗎？

他坐在電視機前發呆了很久。

當幾乎每一個殺手都在大街小巷屠殺黑幫、參與歷史、創造傳說的時候，他為什麼只能呆呆坐在電視機前，握著枯萎凋零的運氣發楞？

他看了一下牆上的月曆。

距離下次大樂透開獎，還有三天。

隔天一早，掛著黑眼圈的阿樂在樓下巷口的彩券行買了一百張彩券。

又一天醒來，阿樂在台北大街小巷不同店家狂買彩券，也買了一百張。

開獎那一天，阿樂忍不住又買了一百張彩券，一半電腦選號，一半胡亂圈選。

當晚開獎，阿樂在電視機前大吼的那一聲，幾乎連窗戶也給震破了。

「不會吧？不是這樣的吧？」

阿樂難以置信地看著床上那三百張彩券。

一張，都沒有中。

再一次連四百元的安慰獎都摸不著邊！

焦躁不安的阿樂在房間裡走來走去。

一下子拿起左輪手槍，將子彈悉數塡好。

一下子將子彈一一倒出，然後又重複上一個動作。反覆十多次。

他將摺好的棉被重新又摺了一遍，然後又弄亂，再摺一次。

打開衣櫃將疊好的T恤一件一件燙好，正面燙一遍，反面燙一遍，再疊回衣櫃。

床底下的蟑堡，他乾脆也伸手撈出來，拿起熨斗一頁一頁地燙平。

最後他在熱水剛注滿浴缸的時候便坐了下去，將皮膚燙得火紅。

我失去運氣了嗎？我失去運氣了嗎

不，運氣哪這麼容易失去！

肯定是……我應該換一個方式捕捉運氣？

缺乏想像力的阿樂，根本想不出來還有哪種方式可以將運氣給捉住。

好不容易下定決心，要捨棄尋找自己在這個世界上的另一半，把後半生的每一秒都豪賭在奪取他人性命上，難道這一份孤獨攀頂的殺手生涯，還未發光就要告一段落了嗎？

明明當初許下的那古怪畸形制約就還沒達到啊！

如果還是要毅然決然繼續當殺手的話，豈不是要完全靠技術做事？

光靠技術……

「不可能……不可能！」阿樂焦躁地抓頭，眼珠滿佈血絲。

「對了！」

阿樂猛然咬牙，擠出一個猙獰的笑容：「一定是因為我的技術爐火純青了，所以命運之神才會暗示我，從今以後我可以不用靠運氣，只要憑實力就可以完成任務……一定！一定是這樣！」

哈哈！原來是這麼一回事啊！

運氣就留給那些比我更需要幸運的新人，至於我，已經步入軌道就不必了吧！

阿樂泡在暖暖的浴缸裡，不斷鼓舞自己……

該來的總是要來，自己不能老是霸佔著好運氣，彷彿別人都不需要。

話說回來，如果只是一味捕捉虛無縹緲的運氣，這些年累積下來的絕佳身手不就白費了嗎？身手如果有靈魂，應該會在身體裡某處哭泣吧。

是了，對了，準沒錯。

那些精純的殺人技術才是真正的自己，而非掛在頸上的水晶項鍊。

也該是時候，學著信賴這些年累積下來的實力了！

阿樂握拳，擠出一個自信滿滿的表情。

「嗯！相信自己才能成為眞正的高手！」他對自己喊話。

浴缸上的熱氣，漸漸蒸散。

鏡子上的霧氣結成了珠。

水溫了。

泡泡消失了。

我的實力眞的爐火純青了嗎？我的實力眞的爐火純青了嗎？我的實力眞的爐火純青了嗎？我的實力眞的爐火純青了嗎？我的實力眞的爐火純青了嗎？我的實力眞的爐火純青了嗎？我的實力眞的爐火純青了嗎？我的實力眞的爐火純青了嗎？我的實力眞的爐火純青了嗎？我的實力眞的爐火純青了嗎？我的實力眞的爐火純青了嗎？我的實力眞的爐火純青了嗎？我的實力眞的爐火純青了嗎？我的實力眞的爐火純青了嗎？我的實力眞的爐火純青了嗎？我的實力眞的爐火純青了嗎？ 我的實力眞的爐火純青了嗎？

阿樂在浴缸裡，睜著大大的眼睛。

漸漸睡著……

35

阿樂失魂落魄地黏在浴缸裡。

餓了就吃，吃完就回到浴缸裡蹲。

水溫了，就加熱水。

水又溫了，就再加熱水。

手機響了就等它自個兒停，語音信箱當然是置之不理。

衣服燙了又燙，棉被摺了又摺，子彈裝了又卸，卸了又裝。

當冰箱裡的東西不管有機還是無機都被吃得一乾二淨的時候，已經是第三天了。

終於餓到受不了了，滿臉鬍渣的阿樂踩著無精打采的腳步下樓。

老樣子，老座位，阿樂在樓下巷口的麵攤吃了一大碗麵加個滷蛋。

桌上散放著沾滿油漬的報紙，不管哪個版面都沒有打打殺殺的新聞。

健保新案的給付標準有了變動、校園體罰問題、兩岸經貿交流問題、新台幣匯率保衛戰、前總統的新室友、中華職棒全面調降球員薪資……

眞是讓人羨慕的「無法十日」啊，就連媒體也不得不配合粉飾太平。

算一算，這眼不見爲淨的血腥十天也差不多該結束了。

大家都很愉快的殺人吧？

不知道哪個殺手會創下單日完成最多單的新紀錄？

不知道哪一個殺手會奪下新的稱號？

之前據說被冷面佛保鑣打得半死的Mr. NeverDie，來得及重出江湖嗎？

同樣也很瘋狂的龍盜肯定不甘寂寞，到處扮演藍波了吧？

月呢？那一個以正義自詡的全民殺手，肯定扮演了某種角色吧？

這一次，燕子手中那柄號稱比子彈還快的飛刀，到底被哪個幫派給買斷了呢？

雖然G懶惰是出了名的，可他一定也在「無法十日」裡幹下什麼驚天動地的大事吧？

眞好，大家都很忙。

因爲大家都是不需要仰賴運氣的眞正高手……

阿樂吞下最後一根麵條的時候，與斜角的彩券行對到了眼。

「……」他咀嚼著糊成一團的麵條，嘴裡都是苦澀的味道。

眼睛裡，卻看著擺在彩券行門口的髒髒小桌子。

一個穿著破舊黃夾克與拖鞋的中年男子坐在椅子上，表情謹愼嚴肅，口中唸唸有詞，久久才劃下手中鉛筆。

另一個年紀略大的微胖男子也坐在椅子邊，左手按著計算機，拿筆的右手不斷翻著一本莫名的雜誌，然後將一個又一個數字速寫在桌上的日曆紙上。

一個提著菜籃的大嬸站在下注的櫃檯旁，穿鑿附會，與老闆口沫橫飛地討論這幾期開出來的數字藏著什麼玄機。

阿樂是這間彩券行的老顧客了，看多了那些自以爲用「奇怪的、自以爲是的、自己發明的扭曲數學」就可以解開下一期樂透號碼的人。

他們總是很執著地活在自己發明的演算法裡，勤勞地寫下一個又一個的數字。

雖然每期必買一定的金額，可阿樂從來只靠直覺塗鴉數字、加上幾組電腦選號便走到櫃檯付錢。比起來，那些行徑詭異的中年人爲了中獎顯然努力多了。

阿樂一點也不覺得那些人可笑。

畢竟自己想靠買彩券捕捉好運氣的想法，只有更異想天開。

「再試一次嗎？」

一發現自己正在假裝自問自答，口袋高鼓的阿樂覺得有些可恥。

下樓前他伸手將抽屜裡一大疊鈔票抓在口袋裡，潛意識裡不就是爲了塡飽肚子後，還可以「順便」走到斜對面買一捆彩券上樓嗎？

當然要，一定要。

既然今天晚上還要再開獎一次，他就想再多試一次。

望向彷彿有一千公里遠的彩券行，阿樂摸著口袋裡鼓鼓的鈔票。

如果這次再沒有捕捉到好運氣，如果這次再沒有……

幾個小時後。

電視機前面的六個號碼，在新聞畫面底下跑馬燈轉來轉去。

10、5、4、36、23、1。

床上成堆的彩券紙，用紅筆圈了又圈、圈了又圈……

四個經紀人同時都接到了阿樂的來電。

簡簡單單的一句話，充滿了令人血脈賁張的激動。

「下給我最不可能完成的單！」

36

「無法十日」，最後倒數一個小時又三十七分鐘。

微風，細雨，模糊的下弦月。

警政總署外停滿了兩大排引擎蓋微溫的警車，幾台回，又幾台出。

鄰近幾條大街上沒什麼夜歸的行人，垂尾閒晃的野狗也沒幾隻。

所有一切與往常這個時間一樣的寂靜，無事可說。

警察無話可說，江湖卻有千言萬語想講。

這十天下來，四大幫派連同旗下數百盟會所流的血，足以強迫江湖休養生息足足十年。

人死錢散無寧日，幫會元氣大傷，致使到了「無法十日」最後的幾個小時，不禁有幾個老江湖開始懷疑，「無法十日」其實是一個局！

這個局，來自黑社會外最大的幫派——警方的陰謀。

回想在警方與四大幫派取得共識後，「無法十日」以最快的速度，讓幫派用最直接與殘酷的方式削弱彼此的實力，導致未來能與警方談判的籌碼急速變少。

籌碼少了，行之已久的江湖規矩也就得改一改，改成對警方更有利的拆帳方式。

這個陰謀論並非空穴來風。

距離「無法十日」結束只剩兩個小時又十二分鐘時，有個拐了好幾個彎的消息指出，幾天前，警察這群帶槍的合法流氓偷偷扣住了一個叫「老茶」的男人，將他祕密囚禁在警政總署的五樓拘留室，不讓任何人接近。

「老茶」落在警察手中的消息走得又快又隱密。

消息怎麼來的？

或許是默默收了髒錢的警察自己，或是幫會潛伏在警方中的內鬼？

不知道，也不再重要。

至於「老茶」是誰？爲什麼警察要祕密拘留「老茶」？

「老茶」手中有什麼資料？那資料對哪個幫會不利？

或根本重要的不是資料，而是「老茶」自己就是個關鍵？

「老茶」是哪一個幫會的人？又甚至不是任何幫會的人？

今晚，各家殺手各自接到屬於自己的任務。

可今天晚上跟「老茶」有關的幾個殺手，根本不曉得「老茶」是何方神聖。

只知道有的幫會無論如何要「老茶」死。
有的幫會非得要在今晚救走「老茶」不可。
有幫會卻只要殺手保佑「老茶」活過今晚就行。
也有的幫會希望不計代價救出「老茶」，否則就只能一槍轟爆他的腦袋。
各有各的算計，各懷各的鬼胎。

很多人會想問……等等，警政總署？
殺手要闖進警政總署做事？
區區殺一個人，卻下在這種驚天動地的警力重鎮，到底有哪家殺手敢接！

一億。
價值一億零一十八萬的超強運氣，就戴在阿樂的頸鍊上。
今天晚上，這頭猛虎就有這個膽子。

37

在人生路上跌了幾個狗吃屎，又連續無法捕捉到任何好運，摔到低迷的谷底。

這個時候忽然衝來了一億的好運，一定有它的意義。

「阿樂聽著，今天晚上的局勢不僅危險，還非常複雜。」

老雷諾在電話另頭叮囑。

「總之，想辦法把老茶救出來就對了吧？」

阿樂將備用彈匣插在特製的口袋。

每一個彈匣都塡滿了子彈，金屬的厚重感與火藥的刺鼻味滲透進他的身體裡。

「沒錯。」

「我話說在前頭，我是個殺手，殺手不會救人。」

阿樂直言不諱，將可以消除指紋的矽膠液慢慢塗在十隻手指上：「如果要救人，方法也只有一種……我會盡可能用掉所有的子彈。」

「殺幾個警察是在所難免，你不必像平常一樣有所顧慮。」

沒錯。

以製造屍體的數量來說，救一個人遠比殺一個人還要困難許多。

爲了救一個人，勢必得殺掉很多很多想要他死的人。

有時候，還得順手殺掉一些意外擋路的旁觀者。

殺人容易逃走難。

但不管殺了多少人，逃走的人只有自己一個，愛怎麼逃就怎麼逃。

可是救一個人，要一起逃走的難度就遠遠高過自己一股勁的瞎跑。

——在警政總署救一個人，要比殺了他，還要困難一百倍。

「避免打草驚蛇，執行任務時鬼子不會切斷警政總署裡的監視器。」

「合理。」

「你一出去，鬼子會馬上清除掉警署內部的監視器畫面。」

「我自己有進去的辦法，但我需要周詳的逃生計畫。」

「你要的圖已經傳過去了。」

阿樂看著從手機傳送過來的警署平面與結構圖，加上鄰近的街道分布。

這種層層相疊的嚴密防衛，單靠僞裝的話不曉得可以滲透到什麼程度，只能祈求開第一槍的時間越晚越好。

畢竟開第一槍之後，就是連續開一百多槍的烽火相搏了。

衝突越早，離開方式的選項就越少。

「有五輛一模一樣的黑色防彈轎車，會在警政總署外面接應你，你闖出來後將老茶隨便扔上其中一輛，五輛轎車會立刻分頭逃走，分散警方的注意力。」

「我不懂，那五輛車怎麼有辦法靠近警政總署？」

「那是幫會的事。如果最後敗在五輛車根本沒出現，我們尾款照收。」

「清楚。」

這點倒是合情合理。

把還有心跳的老茶扔進接應的黑幫轎車的那一瞬間起，任務便算成功。之後警匪電影裡常見的飛車追逐戰，自己就不用蹚渾水了。

「記住，期限是十二點以前。」老雷諾加強了語氣。

「無法十日的最後底線是吧？」阿樂看著牆上的時鐘。

「十二點一過，老茶還沒救出來，就算任務失敗。」

「不會有這種情況發生。」

「十二點一到就撤，撤的時候一槍也別開。這點比任務本身還重要。」

「收到。」

結束通話後，老茶的照片出現在下一封簡訊裡，以及短短的一個附註：

「老茶在五樓。」

阿樂記熟照片與地圖，然後將相關簡訊一律刪除。

閉上眼睛，無思無想，進入深邃的沉靜。

再次睜開眼，宛若脫胎換骨的猛虎。

阿樂曉得，如果這次可以成功收單，江湖將誕生新的傳奇。

一個關於，價值一億的幸運傳奇。

38

潛入警署的方式可以很複雜。

但阿樂選擇了稍微簡單一點點的方式。

他打開衣櫃底層，拿出偶爾會派上用場的那一件燙直了線的制服。

十一點二十二分。

警政總署室內停車場的下水道孔蓋被打開。

十一點二十四分。

阿樂大大方方地走在警政總署一樓大廳的走廊上，拿著一疊資料喃喃自語。

穿著半新不舊的警察制服，左手還拿了一個預先掛了茶包的保溫鋼杯。

經過走廊盡頭第一台飲水機，保溫杯裡便裝滿了熱呼呼的烏龍茶。

不左顧右盼，不放慢腳步，目的性十足地往前邁進。

遇到人不刻意問好，碰到看似長官模樣的便微微點頭，臉上一派自然。

警政總署一共有三大棟建築物相連，其中一棟是有二十五年歷史的舊建築，左右兩棟則是後來新蓋的科技化大樓，新舊相接，部門重疊，加上單層面積廣大，內部設計頗為複雜。

爲了做事方便，阿樂受過極專業的記憶訓練。

腦海中警政總署共十樓的藍色平面圖，正與他腳下的路線慢慢相疊起來。

五樓。

老茶在五樓。

五樓的哪裡？

不知道。

關住老茶的房門怎麼打開？

是可以用槍擊開的鎖孔嗎？還是需要特殊的感應磁卡？

都有可能，也可能以上皆非。

所有模糊不清的地帶，都是展現專業精髓的空間。

一樓來來往往的人很多，看似最危險其實也最安全。

値夜班的行政員警、熬夜加班的檢察官、跑夜線新聞的記者，熙熙攘攘。

從一樓通往二樓的樓梯，每棟大樓各兩個，一共有六個。

不低頭，不昂首，阿樂慢條斯理地穿過大廳，走向左側通往二樓的小樓梯。

二樓大多是警政會議室、公共關係室、祕書辦公室等等，也沒有什麼大問題。

阿樂自信滿滿地直接往上。

「我做得到。」阿樂毫不遲疑，意念堅定。

即使立刻發生槍戰，他也有絕對的自信可以完成任務。

三樓，以科技犯罪防治中心為主。

偵查犯罪指揮中心、刑事研究發展室、通訊監察中心、資訊室、人事室……

空蕩蕩的走廊阿樂本欲快步通過，卻發現這裡不只他一個人。

一個漂亮的女警察一手抱著厚厚的會議紀錄，一手拿著裝滿熱茶的保溫鋼杯，笑容可掬，從走廊另一頭慢慢走了過來。

阿樂不動聲色，那女警也沒什麼特殊反應。

兩個拿著保溫杯的警察在走廊上默不作聲走著，眼神若有似無地飄向對方。

視線彼此交會的瞬間，阿樂的心突然揪了一下。

那個女警的眼睛裡，有一種難以言喻的神采，令阿樂頓時忘記了呼吸。

該怎麼說呢？

那女警好漂亮是好漂亮，但漂亮的女人就只是漂亮的女人。

可她的眼神裡有一種質地柔軟的顏色，嘴角隱隱一牽，似笑非笑的模樣很是動人。讓漂亮不只是漂亮，還充滿了讓空氣甜起來的魔力。

……等等！現在可不是一見鍾情的時候啊！

阿樂用力深呼吸一下，用肺臟的擴張力將全身血液送回原本該待的位置。

兩顆心臟靠近中。

兩個不期而遇的「警察」同時放慢腳步。

卻又發現，彼此正不約而同踩上通往四樓的左側樓梯。

就在關鍵的樓梯口，兩個「警察」同時停下腳步。

「……」雖然這個舉動萬萬不可，但阿樂還是忍不住近距離打量了女警一眼。

「……」女警大大方方回看他，那眼神讓阿樂的後腦忽然燒了起來。

阿樂擠出一個非常不專業的笑容。

這個笑容肯定非常古怪，令女警噗哧一聲笑了出來。

完蛋了。

這個再自然不過的笑，令阿樂整張臉紅了起來。

「嗯？」阿樂支支吾吾地說：「我的臉上有飯粒嗎？嘿嘿？」

喂！我幹嘛說話！

都什麼時候了，我在搭訕個什麼勁啊？而且還用這麼老的梗！

「師兄，不好意思我第一天報到，我趕著到五樓的鑑識科送一份會議紀錄，但我剛剛上去卻找不到鑑識科在哪裡，你可以帶我過去嗎？」小女警微笑。

阿樂注意到，小女警左邊的酒窩比右邊的還要深一點點。

不過，現在的女警上班時候也可以戴假睫毛嗎？他瞧得都呆了。

「可以嗎？」小女警眨眨眼。

太可愛了吧這眨眼！阿樂整個震醒。

「這樣啊，嗯嗯……碰巧我也要到五樓一趟，不如……那個，我幫妳拿過去吧？」阿樂越說越急促，因為他完全忘記換氣：「妳看怎麼樣？妳就少跑一趟了。」

嗯嗯，就這麼決定。

做事之前，不妨順道過去鑑識科送一份會議紀錄吧，反正也花不了多少時間。

「可是……」小女警為難地說。

「一點也不麻煩！這是我的榮幸！」耳根燒燙的阿樂猛點頭。

「還是師兄你帶我去好了，我也順便認識一下路。」小女警微微鞠躬，很有禮貌地說：

「師兄，麻煩你了。」

「嗯，也好。」阿樂欣然。

鑑識科就在五樓上去左轉第四間，阿樂把相關位置記得很熟，沒有問題。

以一個階梯的距離之差，兩人一前一後走上樓梯。

不知是否錯覺，還是職業的敏銳，他感覺到這個女警好像偷偷在後面看他。

阿樂心跳再度加速。

四樓一晃即過，卻是多麼美妙的一晃即過。

阿樂聽著初出茅廬的小女警的腳步聲，很輕，很輕，輕到像羽毛漂在水上。

而自己的呼吸聲卻粗重得像剛跑完兩次馬拉松。

如果可能，眞希望這一段從三樓走到五樓的階梯，可以越長越好……

39

很遺憾，五樓畢竟是五樓。

它就只在四樓的再上一層樓而已。

踩上五樓最後一級階梯，阿樂第一眼見到的是一張保安官的桌子。

兩個值夜的保安官沉沉睡倒在椅子上，兩張豬臉壓在桌面，連鼾聲都省了。

偌大的走廊上，不只阿樂與小女警。

走廊的右方。

一個高高瘦瘦的男警察一手拿著厚厚的卷宗，一手拿著裝滿熱茶的保溫鋼杯。

走廊的左邊。

一個不胖不瘦的男警察一手拿著報紙，一手拿著裝滿熱茶的保溫鋼杯。

該說好巧？

還是該說很不巧？

四個拿著裝滿熱茶的保溫杯的警察，不約而同站在五樓的走廊上。

他看她，她看他。
他看我，我看妳。

高高瘦瘦的男警察，眼神平淡，面無表情。
不胖不瘦毫無特色的男警察，漠然地看著眼前的一切。

四只保溫鋼杯上的熱氣蒸蒸直冒。
四雙越來越沉靜的眼睛。

阿樂意識到，此時此刻站在他半身後的小女警，並不是他想像中的樣子。
明明就在身後一個階梯的距離，小女警的存在感卻變得很稀薄。
阿樂沒有轉頭確認這股異樣的轉變所為何來。
眼前這兩個站在走廊左右兩邊的警察，其細微的一舉一動都無法讓人忽視。
阿樂唯一能做的，就與這三個警察現在所做的一樣，慢慢地用眼神彼此試探。

牆上的時鐘，十一點二十九分。

秒針十七。

坐在保安官桌後的兩個值夜警察慢慢斜倒，失去平衡的身子連同椅子摔在地上。

兩名值夜警察的頸子都呈現極度不自然的扭曲，眼睛翻白。

原來他們不是睡沉了，而是死透了。

牆上的時鐘，十一點二十九分。

秒針三十四。

「有人早我們一步。」

身後的「小女警」打破沉默。

語氣甜美，氣息卻極爲尖銳。

「你們的立場？」

高瘦的「警察」語氣平和。

毫無死角的氣息，彷彿置身事外的態度。

「不管要救要殺，別在這裡開戰。」

阿樂恢復極佳的理性。

今晚運氣與實力兼備，無懈可擊的自信。

「是嗎？我倒是不介意。」

不胖不瘦的「警察」冷笑。

一觸即發的戰鬥意志，像刺蝟一樣膨脹起來。

牆上的時鐘，十一點三十分。

秒針零七。

氣氛詭譎的三十三秒鐘。

已不是用眼神刺探的程度，而是四人身處萬丈深淵的冰寒。

誰是敵人？

誰是盟友？

鏗鏘！

走廊盡頭的房間忽然打開。

一個「老警察」扶著一個渾身赤裸的矮胖男子從房間衝了出來。

那一絲不掛的矮胖男子神智不清地傻笑，其模樣迅速與阿樂腦中的照片疊合。

——老茶！

四個保溫鋼杯同時脫手。

當阿樂以極速掏槍出來的瞬間，兩個男警察的手中也各多了立場不明的手槍。

而扶著矮胖男子的「第五個老警察」手中早有了一把長柄雙管霰彈槍。

至於一直站在阿樂背後的小女警……

「轟！」第五個老警察將老茶摔回房間，朝眾人開了一大槍。

「咻！」高高瘦瘦的警察朝老茶的方向開了一槍。

「砰！砰！」不胖不瘦的警察手中雙槍也朝著老茶的方向扣下扳機。

「咻！」晚了四分之一個眨眼，阿樂朝著手持雙槍的警察開槍。

「颯！」小女警低手一揚，一柄飛刀掠過阿樂的髮，飛向高高瘦瘦的警察。

槍聲四起，飛刀輕颺。

再無曖昧。

警察再不是警察，殺手就是殺手。

開戰的那一刻，各自的立場也涇渭分明。

「掩護我！」女殺手的身影掠過阿樂，衝向老茶的方向。

「行！」阿樂以左手臂爲架，右手對著高高瘦瘦的殺手不斷扣扳機。

「小子趴下！」先來一步的老殺手一槍轟出。

沒停止開槍的阿樂即時臥倒，讓無數飛濺炸出的小鋼珠從他的頂上掠過。

咿嗚……轟隆！

雙槍殺手與高瘦殺手趕緊閃入一旁牆後，牆緣砰然碎開，石屑割人。

滾燙的小鋼珠叮叮咚咚墜地，惱人的石灰粉瀰漫在走廊上。

經過老傢伙的特殊改裝，那把霰彈槍不管是槍管彈簧還是子彈火藥都加了倍，威力不是一般的制式霰彈槍可以比擬，壓制力十分火爆。

警鈴大作。

就這樣，五名僞裝成警察的殺手便在警政總署的大樓裡廝殺起來。

還眞沒有比在這裡大混戰還要惡劣的地方了。

整棟樓登時充滿了各式各樣的吵雜聲，從四面八方奔湧過來。

現在還有執行任務的空間，再過一下下，一旦配備精良的維安特種部隊將這裡重重包圍，到時還有命呼吸的殺手立場一定會被迫轉爲一致。

走廊另一端。

「想辦法，先把那管棘手的霰彈槍拿下來。」高瘦殺手拔下沒入手臂的飛刀。

剛剛要不是他及時揚起手臂擋住，女殺手那一刀早就貫入他的頸子。

「你做你的，別想命令我。」雙槍殺手的臉上都是石灰粉，眼神狠戾。

「……」高瘦殺手無言，卻也同意。

兩個殺手幾乎同時竄出，身影交錯時各朝走廊那頭開了一槍。

可霰彈槍又是一轟，絕佳的壓制力逼得兩個要殺老茶的殺手躲回牆後。

走廊這一端。

「誰有計畫？」老殺手大喝，對著走廊那頭再一轟。

「我有對付警察的計畫，但沒有一邊對付同行一邊對付警察的計畫。」

不等空扣扳機，阿樂以絕快的速度退出彈匣，旋即插上新的彈匣開槍。

他用眼角餘光偷看了女殺手一眼，心又多跳了一下。

「老茶一直都這樣的嗎？」

蹲下，女殺手檢視著傳說中的老茶。

老茶意識不清，眼神迷離，嘴角浮現出奇怪的傻笑。

「情報亂七八糟，搞了半天我們不是來救他，是來搶他。」

老殺手皺眉解釋情況：「老茶根本不想走，害我多花了一點時間注射藥物，現在我們得花一個人負責扛他，其他人開路。先說了我扛不動，我頂多再撐三分鐘。」

說著，老殺手的腹部滲出的鮮血滴在地板上。

剛剛高瘦警察那一槍命中了他的腹部，從背後鑽出一個洞。

子彈鑽過這個位置，若沒有在十五分鐘內送急診一定會死。

問題是，沒有一個殺手希望是被警察送進醫院的，那比什麼都窩囊。

「……」女殺手默然。

子彈又來了。

雖然對方只是三把手槍，但都是身手超卓的專家，沒有失誤的空間。

壓低身子的阿樂想辦法還了兩槍。

表面上是三打二。

對方兩個殺手只要殺了老茶就算完成任務，但自己這邊三個殺手可是要把老茶從要命的子彈亂飛中救出去，難度不可相提並論。

更艱辛的是，從大家都開了第一槍到現在短短的一分鐘不到，馬上就要變成非常不利的二打二了。

好幾十人的腳步聲咚咚咚咚接近。

那些正在吃宵夜的警察平時再怎麼遲緩，聽到了這麼多槍聲，猜也猜到了是怎麼回事，在維安特勤部隊包圍這裡之前，許多值夜班的警察也從樓上樓下擁了過來。

三棟相連的大樓，每層共六個樓梯的錯綜結構令警察得以快速從四面八方接近。

「放下槍！不要再開槍了！」

「報上名字！你們到底是哪個道上……到底想幹嘛啊！」

「聽好了！不要傷害人質！我們可以談談！不要開槍！」

「你們已經被包圍了！馬上束手就擒！」

「這裡是警政總署……你們不可能逃出去的，不要做困獸之鬥！」

那些警匪電影裡才會出現的心戰喊話，在維安特勤部隊趕來之前都只是開開玩笑罷了，從擴音器的語氣聽起來，那些發現警政總署裡竟然爆出槍戰的警察完全陷入了恐慌。

屬於高手間的槍戰持續，子彈來來去去。

女殺手射出兩把飛刀，兩把走勢詭異的飛刀都沒有無功而返。

阿樂又換了一次彈匣……然後冒險偷看了女殺手七次。

老殺手朝走廊那端的兩殺手轟了一槍，旋即又朝樓下樓梯轉角轟了一槍示威，引得擠在四樓的警察一陣驚天動地的哇哇大叫，大夥嚇得往下退了一整層。

此時有四、五個不動聲色的警察冒險從大樓另一端走廊靠近，多半是想當英雄。

「太瞧不起人了吧？」眼觀四面的阿樂冷冷地朝他們開了兩槍。

不曉得打中了哪裡，總之引起了一陣殺豬似的慘叫。

「嘿，你們認識曉茹吧？」

老殺手慢慢呼吸，不讓失血過快。

「曉茹姊也是我的經紀人。」阿樂大概猜到老殺手要說什麼了。

「很好，老茶出得去，我也有一份功勞。」老殺手抹了抹臉上的汗，將彈藥塡進霰彈槍，不疾不徐地說：「叫曉茹把尾款匯到老帳號，自然會有人領走。」

阿樂一邊開槍，一邊大聲說道：「沒問題！」

「老傢伙送你們！走！」

老殺手悍然立在走廊中央，用改造過的霰彈槍連續狂轟，用最猛……也是最後的火力壓制還困在走廊另一頭的兩個殺手。

根本不需要說白，阿樂立刻扛起昏昏沉沉的老茶往樓下就衝，槍上不停。

女殺手的飛刀溜滴滴走在阿樂之前，七彎八拐，漂亮地迴旋加速——

兩個高舉盾牌的警察應聲倒下，根本不知道飛刀怎麼插進自己的喉嚨。

「好刀法！」阿樂讚嘆，心又多跳了一下。

「謝謝！」女殺手竟然不忘道謝，聲音可甜了。

越來越遠的霰彈槍轟隆聲中，沒有名字的老殺手兀自哈哈大笑著。

霰彈槍的聲音消失了。

40

雖然出了一些意外，目前還算是照著計畫中的路線。

阿樂與女殺手並肩作戰，靠著警察的恐慌與膽怯一路來到三樓。

「走這裡！」

扛著老茶的阿樂快跑，卻不是衝向擠滿警察的二樓，而是三樓的右棟大樓。

依照平面圖，那裡有一個對外小天台，可以從那邊直接跳下去。

如果沒有計算錯誤，天台下方是露天大停車場，整天都停滿了二十幾台大型鎮暴車，鎮暴車車頂約有半層樓的高度，若摔在鎮暴車上面再滾兩圈下去，以阿樂的身手完全不會有問題。

至於跟阿樂一起摔下去的老茶……只要摔不死，就可以交差！

阿樂跑得很快，想一鼓作氣抱著老茶從小天台衝墜而下。

「不妙喔！」

尚在後頭的女殺手忽然轉身，雙手飛刀劃出。

在空中嗚咽的兩柄飛刀，換來的是三顆子彈飛旋過來。

兩顆子彈擊碎了阿樂身後的玻璃，一顆則狠狠插進了老茶的屁股。

「啊！」老茶淒慘嚎叫。

剛剛還在樓上的兩個殺手擺脫了那管可怕的霰彈槍後，竟馬上追了下來。

「那些警察在幹什麼吃的！」阿樂惱怒，扛著屁股飆血的老茶回頭還了兩槍。

眼看老茶距離脫險只有十五公尺之遠，追上來的兩名殺手也暴衝起來。

「留下！」

高瘦的殺手在雙槍殺手的掩護下，忽地搶上連續開槍。

火星四濺，槍口周圍的空氣暈開，今晚最追命的子彈不斷螺旋噴出。

此時女殺手身邊並沒有牆壁可躲，無可奈何用飛刀硬拚之際……

完全省略了思考，阿樂以最快的速度擋在女殺手面前。

「走！」

阿樂雙腳一動也不動，左手扛著老茶，右手冷靜對了一槍。

子彈有先後。

「！」阿樂的左肩被貫穿，身子微斜。

「……」高瘦殺手的身子緊接著一震，眉頭輕皺。

幾乎同時，兩柄飛刀從阿樂的兩耳之際絕妙射出，在空中劃出兩道流星。流星追流星。

妙到顛毫的銀色弧線如兩隻燕子，在滑翔的盡頭飛進雙槍殺手的胸口。

「！！」雙槍殺手難以置信，身子後傾，瞬間被釘得往後退了兩步。

阿樂往右躲，女殺手往左閃，重新找了勉強可以棲身的掩蔽。

另一方。

似乎也中了槍的高瘦殺手迅速側身躲進牆後，狀況不明。

甫遭重創的雙槍殺手奮力躲在牆後，雙槍仍緊握在手中。

距離那個完美出口的小天台還有十五公尺，四個殺手再度陷入僵局。

阿樂的額上都是豆大的汗珠。

兩個瘋狂追上的殺手都是用槍的行家，不可能放過這最後的機會。

怎辦？

哪知道怎辦，阿樂先朝走廊那頭開了幾槍再說。

開了幾槍，對方也斷斷續續還了幾槍。

……有完沒完啊？

女殺手與阿樂分別躲在走廊兩側的房牆後，在呼嘯而來的子彈中短暫地休息。

雖然左肩中了槍，阿樂還是忍不住偷看了站在對面的女殺手一眼。

女殺手靜靜在槍聲中等待射出飛刀的時機，那份從容不迫實在很吸引人。

自己剛剛與這個美麗又專業的女殺手一路並肩作戰，實在是太幸福了。

「妳好……我叫阿樂。」

阿樂竟脫口而出：「請多多指教。」

「嗯……」女殺手難以置信地看著阿樂：「你在這個時候搭訕啊？」

「啊！對不起！」阿樂覺得自己實在是太失態了。

瞧他那慌張模樣，女殺手又噗哧笑了出來：「我叫燕子。」

啊！燕子！

傳說中那一個飛刀出神入化的燕子！

「原來飛刀燕子就是妳！」阿樂驚呼之餘，隨手朝走廊又開了一槍。

「那我該說，原來那個老是跳樓的阿樂就是你嗎？哈哈。」燕子嫣然一笑。

天啊！

真的好美！

「……」阿樂完全呆住了，就連壓住左肩傷口的手也輕了。

鮮血當然也情不自禁地噴了出來，唏哩嘩啦。

「喂！」燕子眨眨眼：「問你喔。」

「啊？」阿樂很緊張：「請問！」

「快問快答！」燕子用非常古怪的表情問：「剛剛你再幾步就可以抱老茶跳下去了，爲什麼要幫我擋子彈？」

「……那個……我覺得……」阿樂腦子裡一片混亂，只好亂講一通：「好像擋一下也不錯！」

燕子打量著阿樂，慢慢開口：「可是我們又不熟。」

「是嗎？那個……嗯……我……我覺得呢……好像已經熟起來了，畢竟大家……」阿樂被盯得滿臉通紅，隨便朝牆外開了兩槍：「大家都一起……一起殺人了嘛……」

燕子不說話，只是看著不斷飆血的阿樂，好像在端詳一個奇怪的外星生物。

阿樂被瞧得發慌，只好胡亂朝走廊那頭又開了幾槍。

此時走廊上的燈光驟然全滅。

「？」阿樂抬頭。

「！」燕子也抬頭。

突如其來的黑暗中，樓梯間地板傳來節奏有致的橡膠鞋底踏地聲，似靜實動。

二十幾道意味著危險的紅色淩厲光線，從六個樓梯口的樓上與樓下同時射入黑暗之中，不懷好意地窺探這條走廊上的動靜。

不再有婆婆媽媽的警告，沒有什麼舉槍對空示警，維安特勤部隊已經駕到。

瞧那席捲而來的紅外線數量，匆忙之間來到的維安特勤部隊至少有二十人。

擁有精良配備與嚴格訓練的維安特勤部隊，絕非烏合之眾所能比擬。

地盤是屬於他們的，時間也是屬於他們的，形勢當然也在他們的掌握之中。

終於。

從現在開始的每一秒，都不再有僥倖，集結過來的特勤隊隊員也會越來越多。

金屬罐子在地板上滾動的聲音……吡……吡……

濃厚的白色煙霧滾滾而來，氣味刺鼻，催淚瓦斯無疑。

阿樂與燕子都給熏得眼角流淚，想必對面那兩個同行也一樣陷入困境。

忽然，燕子一邊擦著眼淚一邊嗔道：「你明天下午有空嗎？」

「明天下午？」阿樂眼神迷離，淚水與鼻涕一齊掛在臉上。

砰！砰！

無視維安特勤部隊的強勢介入，走廊那頭又來了死不放棄的追索。

子彈擊碎了靠在阿樂臉旁的牆緣，石屑紛飛。

「要是能殺出這裡，明天下午三點半，你請我喝杯咖啡。」燕子幽幽地說。

「？」半邊臉被石屑刮傷的阿樂陷入迷惘。

啊？

這個句子的構造十分陌生、語意十分異常啊！

「不想嗎？」燕子嘟嘴。

「想！」阿樂虎軀一震。

這個甜美的嘟嘴不禁讓阿樂熱血沸騰，於是鮮血再度飆出傷口。

現在的確是無可挑剔的險境。絕對的絕望。

但今天的自己，也有絕對性的不一樣。

阿樂沾滿血漬的持槍右手，輕輕觸碰著脖子上的水晶項鍊。

回想起上次與前輩W的對決裡，白白浪費了那價值五百六十一萬的強運……

這一次，若夾帶著價值一億的超級好運氣衝過去……

肯定可以一舉成功吧！

一定可以。

「只有一下子的話，妳一定扛得動老茶。」阿樂低聲說。

「？」燕子不解。

「數到三。」阿樂集中精神，重新調整呼吸：「我把老茶扔給妳，然後妳什麼都不管就衝向天台跳下去，讓老茶當妳的肉墊。」

「然後你？」

「我會朝他們衝過去，用槍掩護妳。」

「……」

「一鼓作氣幹掉他們之後，我會從另一邊大樓的天台跳下去。」

「你當眞？」

燕子瞪大眼睛。

阿樂自信滿滿。這輩子他還沒有這麼自信過。

錶上的時間，十一點五十一分，十三秒。

任務未完，強敵在前，重重包圍。

距離創下嶄新的傳說，也在一線。

生死一線。

「明天下午三點半，約在哪裡？」

喀鏘。

阿樂插上全新的彈匣。

「四季街第三個路口有一間咖啡店。」

燕子扣住飛刀。

「曉得。」

抬起左臂，阿樂在衣服纖維裡深深吸了一口乾淨的空氣。

氣息飽滿了肺，意念集中。

「三。」

幸運之神嗎？
還是約會之神？
總之，請眷顧我槍裡的子彈。

「二。」

價值一億的幸運，雖然我原本已放棄了愛情……

但，

如果還能反悔的話，

請保佑我明天下午有一場幸福美好的約會。

「——。」

將老茶推向燕子，阿樂一個箭步踏出。

轟隆！

地板強烈一震，白色煙霧裡的紅外線登時大亂。

莫名的撼動力將阿樂的腳步一挫。

樓下不曉得哪一層樓，傳來驚天霹靂的一聲大叫——

「我來啦！」

約莫十顆手榴彈一起爆炸，炸得機槍聲大作，群警狂舞。

誰來？

天底下，就只有一個瘋子會這麼扛著一袋手榴彈衝進警政總署。

——一個自以為被死神遺棄的無敵者。

「回走！」燕子的飛刀疾走，射向煙霧。

「一起走！」阿樂重新接過老茶，扛著，往回衝向原先設定的天台出口。

接下來可是阿樂的拿手好戲。

躍下！

41

警政總署外街，五台黑色防彈轎車早已等候多時。

誇張的爆炸聲充斥在背後，負傷的阿樂扛著昏睡中的老茶快步奔跑。

燕子隨身在後，眼看就要完全脫離警察的勢力範圍。

那個不曉得哪根筋壞掉的Mr. NeverDie在關鍵時刻亂入，正好給了四個殺手撤退的最好時機。也許大家都欠了那瘋子一個還不起的人情。

五台遠遠映入眼簾的無牌黑色轎車，正發動引擎。

「快到了……快到了！」阿樂難掩興奮之情，腳步更快。

價值一億的好運氣果然非同小可，碰上了那種大混戰，還可以順利完成任務。

該怎麼說呢？自己眞是……

萬中選一，不，獨一無二的殺手啊！

五輛黑色轎車同時打開後門迎接，油門鼓動。

「阿樂！」燕子在後頭大聲呼喚。

阿樂趕緊回頭，卻見一道逼人的寒光飛向自己……

不！

——是飛向扛在肩上的老茶！

阿樂呆住，反射性揚起手，槍口指著剛剛還與自己並肩作戰的燕子。

燕子笑嘻嘻地站著不動，手中無刀，還裝可愛踮了踮腳。

負在阿樂肩上的重量感異樣急沉。

那刀不偏不倚命中老茶的眉心，瞬間斷氣。

阿樂肩一低，任憑成了屍體的老茶重重摔落在地。

任務失敗了。

價值一億的運氣，到底……

連確認屍體都省下，距離短短十公尺不到的黑色轎車同時關門，急速離去。

阿樂不明白。

他完全不懂這是怎麼一回事。

不理解，不懂。想不透。

但更難解釋的是，阿樂一點也沒有想責怪燕子的念頭。

於是放下槍。

「你不生氣嗎？」燕子眨眨眼。

「那個……應該生氣嗎？」阿樂笑了。

不是苦笑，也不是無可奈何的笑。

而是一種他從來沒有經驗過、也無從練習起的笑容。

「真的不生氣？」

燕子把頭探過來，仔細研究他的表情。

阿樂搖搖頭。

「那……明天見囉！」

燕子轉頭就走，化身為風，隱沒在夜色之中。

「嗯，明天見。」

阿樂向空無一人的夜揮揮手。

很想就這樣站整個晚上，朝著她離去的方向微笑，將所有一切回想一千遍。

可此地不宜久留。

一如慣例，阿樂將頸鍊中價值連城的彩券取出，就地扔向風中。

這張彩券會飛向何方？

低頭瞥見沒入老茶眉心中的飛刀，阿樂蹲下，輕輕將刀拔起。

這刀很美，切口鋒利，質地溫暖，在路燈下閃閃發亮。

如果明天的約會也是一場隨口撒下的騙局，至少還有個可供追憶的小東西。

這個心情複雜的殺手再度走入了寂寞的城市。

42

門縫下當然沒有黃色的牛皮紙袋。

霧氣爬滿了浴室的鏡子。

洗手台上放著剛剛挖出的扭曲子彈、紗布、酒精，還有幾條剪斷的紅色縫線。

連續三次的重大失手，阿樂悵然若失地坐在浴缸裡。

脖子上的空殼頸鍊在熱水裡載沉載浮，閉上眼睛。

一億的運氣……

不過是區區一億的運氣……

這種感覺是空虛嗎？

怎麼跟平常任務失敗的空虛不大一樣？

唉，不想了。

任務失敗就失敗吧，反正自己就是沒有成爲傳說的命。

那不過是場夢。

既然要做夢，不妨做一場更大的夢吧。
比如說，明天要穿什麼好呢？

43

一間在任何美食雜誌、城市地圖裡都遍尋不著的小咖啡店。

四季街第三個巷口，一間小小的咖啡店。

三點半，天氣晴。

等一個人咖啡。

只存在熟客記憶裡的古怪傳說。

來到此處，想說話的意思大過於想喝杯東西。

想亂點東西的慾望大過於你真的喝掉它。

她真的來了，刻意坐在大片窗戶旁等待的阿樂開心得快哭了。

穿著淡粉紅色長版大衣，飄揚著一頭烏溜溜的長髮，踩著甜美的笑容。

燕子打開門，優雅又迷人地走向阿樂。

阿樂忘了扮紳士幫她拉開椅子，他完全看呆了。

燕子不介意，笑咪咪自己坐下。

「傷口還痛嗎？」燕子關心。

「都處理好了。」阿樂精神奕奕，超用力拍著左肩：「完全都不覺得痛呢！」

「精神不錯喔你！」燕子靠近一看，又眨了眨眼。

「還……還以爲妳不會來了呢。」阿樂臉紅。

「咦？我們不是約好了嗎？」燕子頭一歪。

「啊！對啊！我們約好了呢！哈哈哈哈哈！」阿樂猛笑。

他很緊張，簡直比昨天晚上的同行對峙還要不知所措。

不過比起緊張，阿樂更開心一百倍。

燕子點了一杯「好心情」，於是她的桌上很快就出現了一杯閃閃發亮的飲料。

阿樂點了一杯「隨便」，於是有點酷酷的店員弄了一杯看起來很隨便的東西給他。

「我呢，其實同時接到了兩張單。」燕子主動說起昨晚的事。

「……」阿樂怔住：「有這種事？」

「一張是要殺老茶的，一張呢，是要救老茶的。」

燕子咬著吸管，頑皮地說：「我不知道要怎麼做，但不管要殺還是要救，總之都要先混進去吧？後來我就見機行事啦，走一步算一步囉。」

「但是妳有那麼多機會可以殺了老茶，而且……」

「而且殺了老茶也簡單多了，是吧？」

「是！」

「可是救了老茶的價碼高很多啊！可以救的話，當然就不殺囉！」

「原來如此……」說歸說，但阿樂還是不懂。

「再加上啊，我一看到那個拿雙槍的殺手就很討厭，講話的態度那麼差，人品一定更差，我說第一印象最重要了，像他那種人啊，我才不想跟他合作呢！」燕子嘰嘰喳喳說著，忽然笑了出來：「你就可愛多了。」

啊！

她說我可愛！

「我可愛？」阿樂的表情像中了一槍。

「對啊，昨晚你一下子就把我逗笑了，嘻嘻……」燕子又噗哧笑了。

阿樂感到一陣天旋地轉，比昨晚一個人在浴缸裡挖子彈不斷失血還要暈眩。

昨晚三打二之後又二打二，二打二之後又是極劣勢的被團團包圍，燕子都沒有貪圖方便殺了老茶轉換立場，顯然我比自己想像中的還要可愛啊！

不對……自己肯定是不夠可愛！

勉強冷靜下來時，阿樂想起了箇中矛盾。

「但是，好不容易救出老茶以後，妳爲什麼又……」阿樂不解。

「又殺了他嗎？」燕子接話。

「嗯。」

「因爲你幫我擋了一槍啊。」

這……

這就更不懂了。

「我幫妳擋了一槍，但妳殺了老茶……報答我？」阿樂表情奇怪。

「我覺得啊，這年頭，很難找到願意幫女孩擋子彈的男人了。」燕子很認眞。

燕子是這間咖啡店的常客。

很久以前，她在這裡聽過以前的老闆娘說過一個故事。

關於一個男孩，用身體幫心愛的女孩擋住一顆子彈的故事。

男孩說，右手上的傷口，是他這輩子最重要的幸運。

「所以囉，我很希望你是一個很好很好的男人。」燕子幽幽地說。

「所以妳殺了老茶？」阿樂的表情古怪到了極致。

「對啊，可是我好希望你不要因爲我殺了老茶而生氣。」

「啊？」阿樂還是不懂。

當然不懂了。

這個男人永遠都不可能懂的。

「如果我在最後關頭讓你前功盡棄，你都不爆炸，不生我的氣，那……你一定是一個脾氣很好的人。」燕子的表情很認眞：「大加分喔！」

「……！」阿樂極度震驚，幾乎無法理解這種邏輯。

「雖然爲我擋子彈是很浪漫，但我更喜歡脾氣好、肯讓我、疼我的男人，這樣相處起來才能長長久久啊。」燕子的臉也微紅了：「喂，你那什麼臉啊？爲了測驗你，我也是損失慘重耶！」

「那……」阿樂快要不能呼吸了。

「嗯？」燕子眨眨眼。

「妳的意思是，我們……」

「對啊，阿樂，我想我有點喜歡你。」

台北市松山區，四季街三十六巷，二十三號，一樓。

等一個人咖啡。

這個人，終於等到了。

等到了在這個世界上，與他有所連結的那一個人。

「咦？你在哭？」

「啊！這是高興過頭的眼淚啦！」

眞不愧是，價值一億的好運氣呢！

The End

〔幕後訪談〕殺手「不想寂寞」的掙扎

問：好久不見九把刀！

答：哪有，我常常出現。

問：這一次的故事還滿輕鬆的。

答：是的，我是抱著很愉快的心情完成它的。但不管多輕鬆，完成的瞬間還是有一種渾身哆嗦、不由自主打冷顫的感覺……是的，就是那種感覺。

問：這一次的主角殺手阿樂雖然在設定上是高手，但好像沒有很側重殺人的情節？

答：是的，如果大家眼睛沒瞎的話，就會發現其實每一本殺手，殺人的情節都遠遠低於其他部分，就連貓胎人那個變態也是，他不搞變態縫貓的時間還滿長的。

且我說過很多次了，我寫殺手，其實不是要寫殺人，而是在寫「人」。

殺手在不殺人的時候，他們活在跟你我一樣的世界裡，他們的七情六慾，他們的生活觀，才是故事的重點。

問：請問阿樂有多強？

答：這根本不是重點。從來也不是殺手系列的重點。只是寫強者對決誰都會寫，強者不小心掛了還可以去蒐集七龍珠。故事要精采，就要「寫人」。

問：那請問G還是最強的殺手嗎？

答：要寫強，不是不可以，但強要有特色，這個特色又直接與個性相關。比如大家都很討厭的Mr. NeverDie，他的強就根植於他的瘋狂，他為什麼會那麼瘋狂與越來越不可自拔，才是故事的重點。

問：到底G還是不是最強的殺手？

答：……下一題。

問：好吧，你提到殺手不殺人的時候才是重點，那阿樂不殺人的時候非常想談戀愛，這才是重點？

答：沒錯，雖然感覺上殺手是一個很酷的行業，但只有在小說裡或電影中才會酷，擺在現實世界的話，殺手卻是令人生懼很不討喜的職業，講出來完全不會加分，人家還會報警抓你。

阿樂雖然是一個技術高超的殺手，不殺人的時候卻很不酷，他不算生活白痴，卻是個情感智障，他想談戀愛，卻因此處處碰壁。

問：越是想談戀愛，就越是被得不到的愛情給牽制，請問這是你的個人經驗嗎？

答：不是，我有凌駕在霸王色霸氣之上的宇宙戰艦色霸氣，把妹無往不利。

問：……

答：……

問：這次故事的風格好像跟最近幾本殺手不大一樣？

答：其實是重新回到殺手系列一最初的寫法，用比較簡潔的方式寫分鏡。但寫到後來其實也無法徹底回歸到純寫分鏡的那種俐落，有點混搭了，畢竟有些場景對話很多，無法用那樣的方式執行。有機會我還是會嘗試純粹的分鏡寫法，那種寫法自有一種迷人之處。

問：在風格轉變之間，有什麼困擾嗎？

答：沒什麼困擾，行雲流水啊。但若要說讓我度爛的部分則是，以前一直寫熱血的故事，大家會批評怎麼我只會寫熱血的東西。但後來開始有各式各樣不同風格的作品時，大家又會質疑，怎麼我寫的東西不夠熱血了。讀者肯定是最難討好的一群人，不，是註定無法被討好的一群人哈哈！

問：這次故事的主題是什麼？

答：我想表達「不想寂寞」的掙扎。

其實殺手有很多篇章都是關於寂寞，但每一次側寫的角度都不大一樣。比如說，鷹的寂寞是帶著些許頹廢美感的。貓胎人的寂寞讓他想用媒體曝光的方式去彌補。Mr. NeverDie的寂寞很瘋狂，於是只有變得更瘋狂才能避免自己發現自己很寂寞、很慘。鐵塊的寂寞很機械很生冷。小恩的寂寞則讓她義無反顧地依賴鐵塊——也讓鐵塊再也無法回到寂寞的世界。

這一次的寫法，不是用冷硬的筆調將寂寞的溫度降得更低，而是想透過一個少一根筋的殺手，將他千方百計想擺脫寂寞的努力寫得很有趣。可以說，如果讓阿樂談戀愛太順利了的話，就凸顯不出最後的命中註定有多難能可貴。

問：想藉著這個主題向讀者傳達什麼樣的訊息？

答：儘管困難重重，但永遠不要放棄追求愛情，玄機往往就在你要放棄的下一瞬間出現。我相信這個世界上一定有另一個人與你，或妳，是心靈相通的。即使是一沱大便，也是會有另一沱大便與你在命運中的某一刻邂逅，然後成為彼此生命中最重要的那一沱大便。

問：一直將大便掛在嘴邊，這樣好嗎？

答：對了這倒提醒我一個重點了。這次的殺手故事完全沒有做愛，沒有援交，殺人的情節只是隨性帶過沒有認真殺，髒話也非常少，希望各位家長各位老師各位校長各位教育部長各位李家同各位張大春可以暫時休息一下，這段時間辛苦了！

問：阿樂談戀愛的過程，一直被騙是怎樣？看得讓人發火！

答：除了想寫他的戀愛不順利外，其實我也想藉此寫一些讓我看不順眼的社會現象。比如說直銷迷惑人性的部分，比如說網路交友仙人跳勒索人，我都很不以為然。雖然很不以為然，但無可否認這中間發生的詐騙行為都直指最深的人性——可以這麼說，如果無法深層了解人性，是無法進行詐騙的。

寫人性，一直都是寫作裡最有趣的事，而不是寫設定。所有的設定，都是為了服務人性而存在的。

問：你很不喜歡直銷？

答：我不反對直銷的理念，但我很討厭直銷裡常見的某些行為，比如說很多做直銷的人絕對不願意讓你知道他叫你去的說明會是直銷說明會，而是唬爛別的理由，反正就是先把你騙到會場就對了——我很討厭這種拐彎抹角的方式，對我來說，這就是騙人。

我也很討厭直銷老是強調成功的重要性，老實說，我很討厭有人一直在跟我哭么什麼是成功的人生，媽啦我的書櫃上有一整套海賊王就是很成功，不行嗎?!

問：看你說得那麼氣，是不是有類似的經驗？

答：對啊，大學時期碰過不少次，最後一次讓我非常火大，當場在說明會上爆炸。可惜那個時候我還沒有學會霸氣，所以沒有人因此被我震到暈倒。

問：可以聊聊那次的經驗嗎？

答：那是在大二升大三的暑假。那一天我原本是要去鐵板燒店參加服務生的職前訓練，卻因為這間假裝是貿易公司的直銷公司來了一通「恭喜你錄取了！」的電話（前一天晚上我還特地去面試咧幹靠），於是我捨棄可以免費吃到鐵板燒的服務生工作，興沖沖跑去「貿易公司」上班，心中盤算的是主管在面試時說的月薪兩萬塊。

結果到了現場，就發現等待著我的是一場賣靈芝的直銷說明會（在那之前我只有二對一被推銷直銷的經驗），還有十幾個跟我一樣被騙過去的傻子，大家都一臉茫然。

當時現場一堆超不合理的歡呼聲，每一個傻子一加入那群騙子的行列，就起身接受大家熱烈的掌聲，幹我覺得超假的，很憤怒，雖然當時我不曉得將來我會寫小說，但我還是忍耐下來待到最後一秒，因為我很想看看這些人可以把別人愚弄到什麼程度。

看到後來，其實我覺得被騙的人很可憐，但那些已經將自己催眠成功、變成那一種「只想拉下線墊背、其餘都不重要」的直銷人，也很可憐。

我知道在這個社會上求生不易，但我絕對無法認同這一種「以人際關係為基礎、最後卻以摧毀人與人之間信任為利益」的工作……好吧，事業?!

問：但你未免也寫得太詳細了吧，感覺恨意很深？

答：我在網路上搜集到很多關於直銷被騙的經驗談，根本就是人性扭曲的血淚史，將內容融會貫通後寫出一個讓阿樂無法抗拒的情境，除了讓阿樂迷失外，還有讓許多年輕讀者瞬間增加社會經驗值的功能，以後遇到類似的場合，你就可以冷眼旁觀正在發生的一切，不僅不會被騙，還很好玩。我希望這是閱讀故事的美好副作用。

問：樂透彩在書中是重要的元素，你常常買彩券嗎？

答：很少買，一年頂多買個五、六次吧。

問：最後阿樂彩券中大獎的號碼，似乎有一點玄機？

答：是的，我想很多讀者讀到最後，很簡單就會發現為什麼是那六個號碼。

問：你自己會去簽那六個號碼嗎？

答：會，所以如果電視上報出中頭獎的號碼剛剛好是這六個，基本上就是我得了。

問：如果真的中了頭獎，你會把錢拿去做什麼？

答：我一直想變成鋼鐵人，所以我打算連續中十次樂透，花錢把那些高科技裝備裝在自己身上。至於我要成為鋼鐵人做什麼？當然是做一些跟打擊犯罪行俠仗義完全無關的事，主要是耍帥。但如果我有空的話，我不介意飛去北韓把他們的核子反應爐打爆。

問：你還好嗎？

答：我好得不得了。

問：這一次故事還是有談到殺手系列的經典場景，也就是颱風「死神泰利的那一夜」？

答：對，「死神泰利的那一夜」串起了殺手系列，也是最重要的時間參考軸，目前出場的每一個殺手帶出的每一個重要事件，幾乎都跟那一天晚上很有關係。

但是這次的故事主要是發生在那一夜的效應之後，江湖上所衍生出來的更重大事件：「無法十日」。

問：無法十日，好像在《殺手，無與倫比的自由》裡面也有提到過？

答：對，因為我布局一向非常完整，可以用事先伏筆的話，絕不會用事後挖坑的辦法。認真說起來，其實「無法十日」的基本想法，在第一本《殺手，登峰造極的畫》吉思美的故事中就有了，那臭小鬼陳慶之那一番談話的意識型態背後，就足以引發一場江湖大戰。那就是「無法十日」的初衷。

問：按照你寫作的一貫壞習慣，顯然「無法十日」在未來會取代「死神泰利的那一夜」成為後續殺手故事中的經典時序，對吧？

答：的確，按照我天衣無縫的整體布局的好習慣，「無法十日」的確是未來許多故事的大重點，整整有十天可以穿插很多不同性質的故事進去，殺手精銳盡出，光是想就覺得很有挑戰性。未來黑幫的火併，不只是義雄與陳慶之的大對決，其餘發生的交錯事件也會很精采。

問：都想好了？

答：一切盡在我的布局之中。

問：老茶到底是怎麼回事？

答：伏筆。

問：對了，好像你本來殺手系列六的預告是《殺手，勢如破竹的勇氣》，為什麼會變成《殺手，價值連城的幸運》？

答：我高興。只是心情變了，順序也只好變了一下，以後還是會寫。

問：網路上有傳聞，這次本來是兩個殺手要合成一本書的？

答：是的，很碰巧那些傳聞都是我自己放出去的風聲。原本想將殺手「不夜橙」的故事一起放進來，但寫著寫著，忽然阿樂的故事又長大了不少，我想還是將所有的力氣都放在阿樂身上，讓這次的故事保持一個基調就好。

至於殺手不夜橙的故事，說不定還會比《殺手，勢如破竹的勇氣》還要來得快吧，哈哈，我也不知道。

問：那麼下一次的殺手系列，預計什麼時候會寫完呢？

答：要作家談論寫作計畫，就是請作家公然說謊的意思。

不過說真的，去年我將大部分的精神都拿去拍電影了，雖然我自己覺得很有意義很熱血很猛，但我知道生性殘忍的讀者根本不會鳥我，所以我今年會抱著懺悔的心好好地寫作，預計今年下半年還會出版殺手系列之七，好報答一直很支持我的讀者們。

問：你說要懺悔，但你臉上的笑為什麼感覺有點奸詐？

答：那是誠意過頭的笑。下次殺手七，大家再見！

殺手，價值連城的幸運／九把刀著. －初版
－臺北市：春天出版國際, 2011.02
面； 公分. －（九把刀電影院；13）
ISBN 978-986-6345-67-8（平裝）
857.7 100001235
國家圖書館出版品預行編目資料

殺手，價值連城的幸運

九把刀電影院 13

作　　者◎九把刀
作家經紀活動洽詢◎群星瑞智藝能有限公司（02-55565900）
總 編 輯◎莊宜勳
主　　編◎鍾靈
封面設計◎克里斯
排　　版◎浩瀚電腦排版股份有限公司

發 行 人◎蘇彥誠
出 版 者◎春天出版國際文化有限公司
地　　址◎台北市信義路四段458號3樓
電　　話◎02-7718-0898
傳　　眞◎02-7718-2388
E-mail　◎frank.spring@msa.hinet.net
網　　址◎http://www.bookspring.com.tw
部 落 格◎http://blog.pixnet.net/bookspring
郵政帳號◎19705538
戶　　名◎春天出版國際文化有限公司
法律顧問◎蕭顯忠律師事務所
出版日期◎二〇一一年二月初版一刷
　　　　　二〇一七年二月初版104刷
定　　價◎220元

總 經 銷◎楨德圖書事業有限公司
地　　址◎新北市新店區寶興路45巷6弄6號5樓
電　　話◎02-8919-3186
傳　　眞◎02-8914-5524
印 刷 所◎鴻霖印刷傳媒股份有限公司

ISBN 978-986-6345-67-8
Printed in Taiwan